TO

身の毛もよだつ話を聞いてみないか？

〜心霊家族の日常的憂鬱〜

山本十号

JN153432

TO文庫

目次

身の毛もよだつ話を聞いてみないか？

～心霊家族の日常的憂鬱～

はじめに

どうやら現代は、科学と情報の時代らしい。だから幽霊がどうの、なんて話をしていると白い目で見られて肩身の狭い思いをするが、一方でそういう世の中であり続けて欲しいとも思うぼくがいるわけである。

幽霊に対してみんなが寛容で、みんなが簡単に信じてしまうようでは、しょうもない詐欺が横行するだけだし、なにより語り甲斐がない。

ぼくたちホラーテラーは、怖くない怖くないと強がっている人々の心に小さな小さな穴を開け、まるで障子の穴を指でぐりぐり広げていくように少しずつ闇を流し込み、最後には引きつった笑顔で「やっぱり怖くなくない……？」なんて言わせるのが愉悦の極み。そうですか残念です、と言いながらニヤニヤしたいのだ。

だから世の中は科学と情報が万能であってほしいし、幽霊の話などしようものなら眉間にしわを寄せて「くだらない、そんな話」と言っていてほしい。

それがオカルトのあるべき姿だと思う。

ところで生物が進化し、突然変異するように、幽霊も昔に比べて多様化し、進化している。

長い黒髪の白い服の女はかつてただボウッと立っているだけで怖かったのに、いつのまにか井戸の壁をボルタリングでよじ登り、火の輪をくぐり抜けるサーカスのライオンよろしくブラウン管テレビから抜け出てくるようになったかと思えば、二十一世紀初頭には血まみれの蜘蛛のようなモンスターとなって『ァァァァ』とか言いながら人々に迫ってきた。いまじゃ互いに潰し合っているんだから、呪われた人はたまったものではない。

だけど。ただ誰かを呪う、ただそれだけのために時代に合わせて変わっていくなんて、なかなかのイノベーションだと思う。ビジネスライク幽霊。いいね。ぼくは好きだ。

そんなわけで、この本はぼくが実際に見聞きした話で構成されているけれども、時代に合わせて少しだけ脚色しているところがあるので、その点をご了承いただければと思う。

1　死んだ猫

ぼくは、本名をそこそこ知られているので詳しいことは言えないのだけれど、幼い時分から怖い話を見聞きしていたおかげで、夏になると「なにかネタありませんか」と、ほうぼうから聞かれる。

三十八歳になった今年。いままであちこちで語ってきたそれらの話をまとめる機会に恵まれた。それが、この本というわけだ。

で。十号と名乗ることにした。

変な名前であることは承知している。ロボットかよ。試作機かよ。というツッコミもすでに頂戴した。

もちろん理由があるので、まずはそれを聞いてもらいたい。

──ぼくの家族は十人いる。

年齢順に並べると、一番上が祖父。その次が祖母。次が父、母。長男の兄。長女の姉。で、なぜか叔母さん。叔母さんの娘、つまりいとこ。次に次女の姉。で、ぼく。

実にややこしい。だもんで、ぼくは呼びやすく覚えやすいように一計を案じた。

それが、これ。

一号　祖父
二号　祖母
三号　父
四号　母
五号　長男
六号　長女
七号　叔母
八号　叔母の娘（いとこ）
九号　次女
十号　ぼく

おわかりいただけただろうか。

ロボットでも試作機でもない。山本家の十番目。十号。で、山本十号。簡単な話ですみませんね、どうも。

で、どうして最初にこんなことを説明したのかというと、この本に出てくる話は、ぼくの家族が見聞きしたり、体験したりしたことだから。

うすうす気づいたかもしれないけど、ぼくの家族はやたらと霊感が強い。この、ぼく以外は。

いやぁ、不思議なもんですよね、遺伝というのは。

叔母さんやいとこにまであるのに、ぼくにはない。

不公平だ。文句を言ったこともある。言われた方も困っただろうが、一人だけなにも感じないなんて、拾われてきた子どもなのではないかと真剣に悩んだこともあるのだ。

だけど戸籍を取ってみれば間違いなく三号と四号の息子だし、一号と二号の孫だったりする。

どうしてぼくだけ、と若干拗ねたりもしながら、他のみんなが語る怖い話をおっかなびっくり聞いて育つ内、気づけば三十歳くらいになっていたんだけれど、そんなぼくにもようやく陽の光が当たったというか、いやこの場合、影が差したと言うべきなのかもしれないけど、とにかく一つ、変なことが起きたものだから、その話を記念すべき第一話としたい。

それは死んだ猫に関する話だ。


思い返すと不思議なもんで、その日は風を感じなかった。

海の近くだというのに汗を冷やす微風すら吹いていない。

このときに異変を感じ取っていたら、もう少し心構えが出来ていたのかもしれないけど、どうせぼくには霊感なんて一切ないんだ、とひねくれた決めつけをしていたから、あれが起こったときにはたいそう驚いた。

……最初に書いたけど、ぼくは本名がそこそこ知られている。

特に怖い系――そんなものがあるかどうかはさておき――ではそれなりに活躍している。まあ、だから怖い話を求められるわけだが、求められるということは寄せられるということでもある。

別に「怖い話を教えてください」と表だって喧伝しているわけではない。でもどこからともなく勝手に寄せられるのだ。体験談が。

この「死んだ猫」も元はといえば、それがきっかけだった。

――で。

猫が道ばたで死んでいるのを見たら、たいていの人が「かわいそう」と思うもの。愛くるしい猫。凜々しい猫。活発な猫。そんな猫たちが死骸になって虫に食われている姿は、どんなに心ない人にでも訴えかけてくる何かがある。だというのに、思ってはいけないんだそうである。

死んで寂しい猫の霊魂が寄ってきて、取り憑いてしまうから。

話を戻そう。その日、ぼくはパソコンに向かって仕事をしていた。

当時使っていたのはまだ薄型になる前のiMacで、液晶テレビみたいな形が気に入っていた。OSはライオンになるかならないか、というところだったと思う。ネットサーフィンしてニュースをあさりつつ、一時間に一回くらいメールをチェックするのが午前中の日課だったのだが、十一時を回った頃、女子大生からメールが来て、こんなことが書いてあった。

公園に猫が死んでいたんです。かわいそうだなと思って手を合わせました。それが悪かったのでしょうか。その晩から、部屋で何かが走り回る音がするのです。まるでネズミを追い回す猫の足音のような。どうしたらいいのでしょうか。教えてください。

知らねえよ、と思いつつ、念のためこの子の名前を検索してみるとSNSのプロフィールが出てきて、まあ可愛らしい。だから会ってみることにした。下心？ないない。ぼくは単に可愛らしいものが好きなだけだ。

だけどぼくももういい大人だから、ただ会うだけだと周囲が誤解することもわかっている。こっちは仕事のつもりでも、端から見たらデートにしか見えない。それくらいの客観的洞察はできるんだ。だから、ビデオカメラを持っていって、誰の目から見ても——その子から見ても——取材にしか思えないように細工、じゃない。工夫した。工夫？　それも違うか。とにかく彼女の体験談を、記録した。

とはいえ、元々の体験談が……まあとりたてて怖いということもない。普通というか、よく聞く話というか。カメラに向かって話す彼女はSNSの写真のとおり可愛らしくてにやにやしてしまうし、ちょっとおびえて引きつったその顔もぼくのSっ気をビシバシ刺激してくれるけれど、言ってみればそれだけの価値しかない。

だから、一通り話し終わるとぼくは彼女をご飯に誘った。……だから？　自分で書いてて何が「だから」なのかわけがわからないが、その後のことはご想像におまかせする。

で、翌朝。妙に腰が張るなぁと、ツボを押しながら映像を見返してみた。

話自体はたいしたことなかったけど、一応職業柄というか。撮りっぱなしで放置しておくのは気持ち悪い。で、見返した。

彼女がたどたどしく言う。

「公園に……猫が……死んでいて……それで、えっと……かわいそうだなと思って手を合わせました。それが……悪かったのでしょうか。その夜……部屋で……何かが……走り回るんです。まるでネズミを追い回す猫の足音のような……。実は昨日も、その前の日も……。毎日なんです……。どうしたらいいですか？」

このとき、あることが起こった。嘘みたいなことが。

ぼくは信じられなくて、機械のエラーだと思った。

でももう一度見返してみると同じことが同じ箇所で起こった。

「どうしたらいいですか？」

この部分が、男の声になっていたのだ。

誓って断言するが、インタビューのとき部屋にいたのは、ぼくと彼女だけだ。

ぼくは一切言葉を発していないし、彼女の声は顔と同じく可愛らしかった。男の声ではない。ましてぼくは男に性的興味はない。だから、あり得ない。

……取材対象への邪な気持ちの方があり得ない？

そんなことは問題ではないのだ。彼女とはこれっきり会っていないのだから。

いや、この件があってもう一度会おうとしたんだけれど……。

メールしてもなしのつぶてだし、SNSの投稿も途絶え、音信不通。
仕方がないから部屋に行ってみたんだけれど、呼び鈴を鳴らしても応答がない。
でも居留守を使っているのがバレバレだった。
部屋のドアに耳を当てるとドタドタドタドタっていう足音が頻繁に聞こえる。
ぼくもいい大人だから、すぐにわかった。
これは嫌われたなと。
……まあ、聞きようによっては猫の足音にも聞こえるけれど。
何度も言うように、ぼくには霊感がない。
だから、これは居留守だ。間違いない。

2　エレベーターを使わないでください

エレベーターにもいろいろあって、日立製、東芝製、三菱製……各メーカーそれぞれ特徴がある。
その一つ一つをあげつらうのはマニアに任せるとして、今回紹介するのは、そんないろいろあるエレベーターの中でも、とりわけ特殊な事例。
見たことがある方もおられるだろうが、エレベーターの中にこんな注意が書かれていることがある。

――火災、地震の避難にはエレベーターを使わないでください。

あえてどこ製のものかは伏せておくけれど、六号――ぼくの一番上の姉、つまり長女――が修学旅行で、ある古都へ行ったときのことだ。
「ある古都」なんてごまかしても日本に古都なんていくつもないから誰でもわかるだろうが、怖い話の作法として、一応伏せておく。だってほら、その「ある古都」に迷惑がかかったらまずいし。恩着せがましい？　うん。恩を着せるのは好きだ。いつか何かで返ってくるから。

話がそれた。

で、ある古都へ行った六号なんだけど。

古都っていうくらいだから泊まったホテルも古い。

……いや、そういう言い方は良くないか。新しいホテルだってあるんだろう。でもほら、修学旅行だから。金があるなら海外に行くだろうし、わざわざいつでも行ける「古都」に行く以上……ねぇ？　懐事情も察せられるというものだ。

問題は、そこではない。

古都の古いホテル、となれば……自然と醸し出しているのがおわかりになるだろうか。何を？　そう、霊がいそうな雰囲気を、である。

実際六号は、外から見ただけで、

「あーいるなー」

一人や二人じゃなかったみたい。ホテルの上をぐるぐる飛び回っている変な動物もいて、このホテルが年季の入った心霊物件であることはすぐにわかった。

とはいえ、そんなことは日常茶飯事なので。

特に気にせず、クラスメートと一緒に部屋で騒いでいた。

いまはどうかわからないけれど、六号が学生だった当時、お風呂の時間は決まっていた。

部屋風呂だったら勝手に入ってしまってもいいのだろうが、大浴場でまとめてザブンとするのが修学旅行の醍醐味と考えられていたこの時代、女子はこの時間、男子はこの時間、というふうに入浴のスケジュールが細かく指定されていた。

男子側の目線からすると、すぐ隣の風呂場に同級生の女子たちがあられもない姿でキャッキャウフフしていると思うと居ても立ってもいられないのだが、まあその話は置いておこう。

それで、その時間になって。

六号は部屋のみんなと一緒に、大浴場へ向かった。

案内図に従って大浴場を目指すと、地下にあるらしい。

専用のエレベーターが設置されていて、他のエレベーターとは外見の装飾からして違った。

ライオンだかヒョウだかの彫刻がにょきっと上から伸びていたりして。

趣味が良いとは言えなかったが、まあそれも後々になって思い出補正がかかれば美しき青春の一ページになるのかな、なんて六号も思ったりして。

乗ってみると、確かに専用というだけあって、他のエレベーターにはない「B1」というボタンがある。ボタンのすぐ隣には手書きで小さく「大浴場はこちら」と書かれている紙が貼り付けられているから間違いようがない。

同級生の一人がそのボタンを押して「どんなお風呂だろうねぇ」なんてワクワクしていた。

六号は「そうだねぇ」なんて言いながらふと顔を見上げた。

そこに「火災、地震の避難にはエレベーターを使わないでください」という注意書きがあった。

ほうほう、そうか。そうだよな。と六号は勝手に合点した。

ところがすぐに、おやっと思った。

すぐ脇に、落書きがあったからだ。

いや、落書きかどうかは定かではない。ただ明らかに、誰かが注意を書き足している。

「あれ、なんだろ」

六号が言った。

みんなが六号の指さしたものを見た。

それは「××を見た場合の」という文字だった。××の部分は、黒々と塗りつぶされていて何が書いてあるかわからないが、「××を見た場合の」という文字が、漫画の吹き出しのようなもので囲まれて、さきほどの注意書きに挿入された形になっている。

読むと、こんな感じだ。

「火災、地震、××を見た場合の避難にはエレベーターを使わないでください」

言葉にした瞬間、六号はしまったと思った。

でも遅かった。

エレベーター中、大騒ぎだ。

きゃあきゃあ言うクラスメートを横目に見ながら、六号はさらに思った。

――そっか。みんなはこのホテルがやばいところだって知らないんだった。

霊を見慣れていると、こういう気遣いが難しいらしい。知らないけど。

でもこうなってもまだ六号は、このホテルに霊がいることを言うべきか迷っていた。××が「幽霊」とは限らない。たとえば「虫等」かもしれないし、「老婆」かもしれない。

年季の入った心霊物件だと知っているくせに、虫とか老婆とか、そういう可能性を考えちゃうおちゃめさ。

いや老婆を見たら怖いか。

でも満を持して「このホテルね、実は……」なんて言い出せば、脳内補完で「幽霊」と断定されてしまうのは目に見えている。

地下の大浴場に着いて扉が開くと、我先にとクラスメートたちが降りていく。

まあエレベーター内に幽霊はいないから、別に慌てる必要はなかったようだが、霊感のない人間からしてみたら、それが普通の行動というものだろう。みんなが降りるまで親切にも「開」ボタンを押し続けた六号の方が異常だ。

でもクラスメートのほとんどは、六号にそういう力があることをすでに知っていたから、その悠然とした姿に若干ホッとしたらしいけれど、まあそれも六号の主観的感想なんで本当かどうかはわからない。

この段階で確実に言えることは、六号が念のため、エレベーター以外の避難経路を確認してみたということだ。

専用エレベーターという以上これしか避難路がないことも覚悟していたが、一応、あるにはあった。

奥の扉が非常階段になっていて、外に通じている。

六号のその行動にみんなもホッとして、ようやくお風呂を楽しもうかなんて雰囲気になった。

ガラッと引き戸を開けると、湯煙が立ちこめている中に木目調の床が、体育館くらい。天井も十メートルくらいはあって、地下にこんな施設を作るなんてどうかしてる、と六号は吹き出した。

吹き出した六号は異常だから放っておくとして、クラスメートのみんなは、

「広～い」

「うそみたい」

さきほど顔面を引きつらせていたのがそれこそ「うそみたい」な笑顔。

一斉にシャワーを出しても水量が落ちないのも「ヤバすぎる」と感動しながら、なんやかんやバシャバシャやっていたんだけど、十五分ほどして誰かが言った。

「見られている気がする」

言うまでもなく女風呂だ。

おいおい覗きか？　誰かが素っ頓狂な声で言う。

どっと沸いたが、みんな、さきほどの「××」が脳裏に浮かんだのだろう。息を飲むような音があちこちから漏れて、チョロチョロと流れるお湯の音しか聞こえなくなった。

幽霊に比べたら覗きの方が良いとは言えないが、確かなことを知りたい。

みんなで周囲を確認してみる。

隅々まで見たが、壁に穴などないし、天井にだってない。

穴がないとなれば、覗きの線は消えた。

可能性を消去すると少しだけ人は強くなる。そして強くなるとなぜか人は幽霊を信じない。だからみんな、こう思った。

気のせいではないか？

うん、そうだよ、きっと。過敏になっているだけだよ。

そんな声がどこからともなく聞こえたそのとき。

六号も感じた。

——誰かが見ている。

でも、いったいどこから？

急に六号がきょろきょろするので、みんなはハッとなって、また大浴場は静かになった。

顎までお湯に浸かっていた学級委員の子が、おっかなびっくり六号に聞いた。

「もしかして、なにか、いるン？」

さっきも言ったけど六号に霊感があることは知られていた。

だからみんな六号の一挙手一投足が気になって仕方なかった。

六号はたっぷり時間を取って辺りを見回すと「いるにはいるけど、いまは見えない。でも感じる」と答えた。


また話はそれるけど、みんなが怖がっていると知っててこういうふうに焦らすところ。本当にいい性格をしていると思う。口にするとぶん殴られるので、黙っているけどね。

で。


六号が芝居がかった感じでそう言うものだから、みんな、きゃあきゃあ騒いでお湯に入った。

なんでお湯？　とぼくなんかは思うけれどね。別に幽霊に裸を見られるくらいどうってことないと思うから。でもその辺は女の子の心理なんだろうね。

六号だって女の子だったから、当然その心理はわかっていたし、みんなに合わせてお湯に入ろうと思った。

だけど入れなかった。

なぜって……。

お湯に、無数の目が浮かんでいたから。

浮かんでいたと言っても、目玉のおやじみたいにピンポン球がぷかぷかしていたわけではない。

水面のほんの数センチ下、血走った誰かの目がそこら中でギョロリ。

「ぎやっ」と思わず叫んで六号は「お湯に目が！」と指さした。

クラスメートたちは我先にと慌ててお湯から飛び出す。

脱衣所でバスタオルだけ引っかけると狭い通路を走って非常階段へ向かう。

でも後ろのほうにいた子で、仮にA子とするけど、彼女は逃げ遅れた。

逃げ遅れたから、怖くて怖くて仕方なかったんだろう。早く逃げたい一心でエレベーターの方に行っちゃったんだ。

六号は「あっ」と思ったけど、どういうわけかちょうどタイミング良くエレベーターの扉が開いて、彼女を飲み込んでしまった。

乗っちまったものは仕方がない。

六号は非常階段を駆け上り、みんなと一緒に一階へ向かった。

出た先は、ロビーだった。

バスタオル姿の女子高生がわんさか現れたもんだから、ロビーは大パニック。

数時間ほど騒がしかったんだけど、ようやくみんなが落ち着いて部屋に戻ったとき、A子の姿だけは見当たらなかった。

不意にあの注意書きが思い出された。

「火災、地震、××を見た場合の避難にはエレベーターを使わないでください」

六号は嫌な予感がして、何人かで探しに行ったそうだ。

するとA子はあの、専用エレベーターの中で、がくがく震えていたんだって。

なんだここにいたのか。てっきり神隠しにでも遭ったかと思ったよ。

六号はそう言って笑ったらしい。当然周りは誰も笑わなかったみたいだけど。

　ゴホンと咳を一つして、六号が改めて「どうしたの」と聞くと、A子はわっと泣き出して鼻水混じりに言った。

「エレベーターのあっちこっちから手が……手が……」

「手？　それって白い手？」

「うん。白くて細い手がいっぱい」

「大人の手？　子どもの手？」

「うん。両方」

「それがあんたを押さえつけて動けなくしたの？」

「うん。……でも、どうしてわかるの？」

「ああ、うん。いまもそうだから」


　A子は心の病気になって、しばらくして学校をやめたらしい。

　この話を聞かせてくれたとき、ぼくは六号に訊ねた。

　どうしてそのホテルではそんなことが起こるんだろうって。

　六号はあっけらかんと「あそこにお墓でもあったんじゃない？」と言った。

「ホテルの人に聞いたの？」

「ううん。ただの勘」

六号は心霊現象の原因にまるで興味がない。でもこういうときの彼女の勘は、たいてい当たっている。

3　震える本

祖父の一号はすでに九十歳近い。

九十にもなれば存在自体が幽霊みたいなもんだ。

痩せこけた頬に鋭い眼光。

骸骨を彷彿とさせるその顔は、もしかしたらそこんじょそこらの幽霊よりよっぽど怖いかもしれない。

そんな一号にも子ども時代はあったっていうんだから、おそろしい。

当時この国は戦争のまっただ中だった。

東京をはじめ、いろんな都市が焼け野原にされ、抵抗する力を根こそぎ奪われた挙げ句に落とされた二発の原子爆弾がキノコ雲をにょきにょき生やすよりも少し前のこと。

一号は東京の下町に住んでいたらしいが、なにしろ空襲がひどくて命の危険にさらされる毎日となり、関東のある農村に疎開した。

その「ある農村」がどこなのか気になるが、それは頑として教えてくれなかった。だからぼくも知らないのだが、いまでもちゃんと存在している場所らしい。

で、そこの学校に通うことになった。

なったはいいが、東京から来たイケ好かない奴というレッテルを貼られて、あまりなじめなかった。

農村には農村の社会があるし、都会には都会の社会があるから、なじむには時間がかかるとは思うが、一号の場合はそれだけではなく、本人の性格も影響していると思う。


一号は偏屈だ。

孫のぼくが言うんだから間違いない。

でもそれは老人だからだろう、と勝手に思っていた。

歳を取れば視野が狭くなると言うし。

が、どうやら子どものときからそうだったようだ。

偏屈な子ども。のどかな田舎。水と油。

なじめなかったのも、さもありなんというところだろう。

本人は本人で、こんなクソ田舎と馬鹿にしているからなおさらだ。

性格を直す気もないし、周囲に合わせる気もない。

授業は遅れているし、簡単な漢字すら読めない奴もいるし、嗚呼、なんでおれはこんな田舎で暮らさなければならないのか、と戦争を恨んだ。

そんな風に戦争を恨むなんて、確かにイケ好かない。変わっている。

しかし家にこもっていても仕方がないので、とりあえず学校には行って、ずっと図書館で本を読んでいた。

教師は何も言わなかった。

何を教えてもすでに知っている子どもだったから、放っておかれたようだ。

それに内向的なだけで、特段悪さをするような子どもではない。図書館にいるなら誰の害になるわけでもない。

そんなわけで、一号は誰に咎められることもなく、本だけを読んで過ごした。

昼間でも図書館は薄暗かった。

田舎の学校だからなのか、戦争中だからなのかわからないが窓が少なく、外から光があまり入ってこない。

目をこらさないと背表紙の文字すら読み取れないほどだった。

やっと目当ての本を探し当てたら机に持っていって、ロウソクを灯して読む。

そんな毎日。

これだから田舎は嫌なんだ、とぶつくさ言いながら、それでも活字の世界に没頭すると、そのときだけは嫌なことを忘れられた。

ほかにやることがなかったから「あ」の棚から五十音順に読んでいくことにしていた一号がその奇妙な音に気づいたのは、「か」の棚まで読み進めた頃だった。

毎日決まった時間に、図書館で音がする。

カタカタ……カタカタ……。


どこからともなくそんな音がして、一分ほどして静かになる。

もともと霊感の強い一号は、そういうことを昔から経験していた。

だから怖くはなかったんだけど、決まった時間に一分だけ鳴るというのが気になった。


翌日。音の発生源を探ってみることにした。

悪い感じが全然しないのも気になった。

ポルターガイストの類いであれば霊のいたずらであったり、脅かそうとする意思を感じるものだ。ところがこの音にはそれが一切なかった。

とはいえ、鳴るのはたった一分だ。鳴り始めてからあちこち覗いてみても簡単にはわからなかった。

どこから鳴っているのか。まずはそれを突き止めようと思った。

なに、時間だけはいっぱいある。消去法でやってみることにした。

天井から鳴っているのか、壁から鳴っているのか、床から鳴っているのか。数日かけて確認したが、音はそのどこからも鳴ってはいなかった。

残された捜索場所は、本棚しかない。

それからさらに数日。本棚を一つ一つ確認していくと、ようやく音の発生源を突き止めた。

それは、一冊の本だった。

本が震えている。小刻みに。本が列から出たがっているような感じ。出たがっているのなら、出してあげたらどうか。

なぜだかそう思った。

翌日。一号は本が震える前に列から抜き出し、床に置いた。

やがて本が小刻みに震える。そして、なめくじのようにゆっくりとした速度で、ある方向へ向かおうとする。

どこへ行こうというのか。

観察していると、まもなく一分というところで、本がぱらぱらと開いた。

おおっと驚く一号の目の前で、開いた本から一葉の写真がこぼれ落ちた。

母親と息子が並んで写っている。

この写真が原因だ。一号は直感した。

この写真がどこかへ行こうとしているのだ。行こうとした結果、本が震えて音がしていたのだ。

——しかし、どこへ？

一号はどうせほかにやることもないし、と写真を胸ポケットに忍ばせて家に帰った。

写真の行く方角を見定め、その先に何があるのか確かめるつもりだった。


そうして翌日。

どこからともなく風が吹くと、写真がふわりと浮いてどこかへ行こうとする。

ふわり、ふわりと一分間。

大して遠くへは行かれない。

進んでは落ち、進んでは落ちを繰り返し、また数日が経った。

一号はその都度場所を記録。

何日も何日も同じことを繰り返し、行き先を確かめた。

一月ほど経った頃、写真の行き先がわかった。

村はずれの墓地だった。

こぢんまりとした墓石が雑然と並ぶ中、写真は迷うことなく進み、ある墓石の前で動かなくなった。

ここが目的地か。一号は墓石をまじまじと見つめた。

苔むして良い具合に風化している。

書かれた文字はよくよく見ないと判別できないが、それは石の性質によるものだろう。

草むしりなどはきちんとされているようで、墓の周りから悪い「気」は感じられなかった。

「なにをやっているんだ」

背後から声がして振り返ると、老人が立っていた。

墓石の持ち主らしい。

いたずらでもするのかと警戒した目で一号を見つめている。

一号は写真を老人に見せ、言った。

本が震えたので調べたらこの写真が出てきた。写真はこの墓の前に行きたいと言っていた。だからここに連れてきた。

言いながら一号は不安になった。ちょっと頭の変な奴に思われやしないかと。

ところがそれは単なる杞憂で、老人はひととおり説明を聞くと一言「そうか」と頷いた。

そして腰に下げた煙草入れから一本抜くと火を点ける。

ゆっくりと煙を吸い込むと、

「この男はな」

誰に言うでもなく、口を開く。

「お国のために兵士に取られた。もう三年になる」

「はあ」

一号もまた、聞いているのか聞いていないのかわからないような相槌。

「いま、どこでどうしているやら……。せめて居所だけでもわかれば、おたきさんも安心して逝けただろうに」

おたきさん、というのは母親のことだろう。

安心して逝けた……となると。

「わかるか、坊主。こっちに写ってるおっかさんは、先月亡くなったんだ。いまはこの墓の下にいる」

なるほど。そういうことか。一号は全て合点した。

どこでどうしているかわからない息子と、そんな息子を案じながら亡くなった母親。

そんな二人の姿を捉えた一葉の写真が、毎日決まった時間に一分間だけ墓石に向かって移動していたその事実。

おそらく……いや十中八九、この男の方も亡くなっている。

だからこそお互いの魂がせめて死後の世界では仲むつまじくいたいと、引き寄せあったのではないか――。

――そんな気がしたのさ。

そう言って一号はこの話を締めくくった。

親子の純粋なる愛情のなせるわざ。

ぼくたち心霊家族にはあるはずもないもの。

「いい話だね」

心の涙をほろりと流しながら、ぼくはペンと紙を置いた。

「だけど、どうして決まった時間に一分間だけ動いんだろうね。その時間になにかがあったのかな？」

ぼくがそう訊ねると一号は「ふん」と鼻を鳴らして「答えなんざわかるか。だが、想像することは出来る。答えと言えば、それが答えさ」と、ぼくを馬鹿にしたように言った。

……疎開先になじめなかったのもうなずけるよね。

4　やまびこ

やっほー、と叫んでみれば反響して戻ってくる。山登りをしたときの楽しみ。それがやまびこ。

だけどそんなお楽しみにも、怖い話のひとつやふたつあるようで。

今回はそんなやまびこに関する二つの話を紹介したい。同じような現象だが、別の角度から切り取ったような、そんな話だ。

聞いたいまになっても、そんなことあるのか？　と半信半疑の状態が続いているが、まあ、この家族にならそういうこともあるのかもしれないと、どこか達観している自分もいるわけで、もはや真偽のほどは鑑定しようがない。

ぼくにできることはウチの家族がこんな話をしていました、とおそるおそる提示することだけなのだ。

で。

まず一つ目からお聞かせすると、体験者は三号である父だ。

三号は学生時代、試験が終わってすぐの夏休みに仲間と山へ行った。

二泊三日のキャンプ。

空気がきれいでやまびこもよく通った。

やっほー、と言えばはっきり「やっほー」と返ってくる。

反響率が良いねぇ、なんて知ったようなことを話しながら、何度も何度もやまびこを響かせていた。


やっほー。やっほー。


そのうちに、あれっと思った。

ふつう、やまびこと言えば何度か反響する内に戻りが悪くなり、音量が小さくなっていく。

なのに。
この山に響くやまびこは、戻りが悪くなるどころかむしろ良くなる一方だった。
だんだん、近づいてくる感じ。

やっほー。やっほー。やっほー。

跳ね返ってくるたび、耳元で叫ばれているような。
だから、あれっと思った。
そのうちに、耳元に誰かの吐息すら感じた。
吐息？　誰の？　仲間だろうか？
と思い、がばっと振り返ってみると――。
背後に、何かがいた。
はっきりとは見えなかったが黒い人型の何かだった。
顔の部分にうっすら、目と鼻らしき窪みが見えたが口はない。
そんな「何か」が仲間の一人を指さして「やっほー」と言った。

……三号は確かに「言った」と表現した。口がないにも関わらず、その黒い人型の何かは確かに「やっほー」と言ったのだ。

三号はもちろん、みんなポカーンとアホみたいな顔をしてその様子を見ていたそうだ。

指さされた仲間はどういうわけか突然ケタケタ笑い出し、そして、あろうことか崖からダイブした。「やっほー」って言いながら。

あっと思って崖下を見ると仲間は血の花を咲かせて絶命していた。

いつのまにか、その「何か」はいなくなっていた。

彼が自ら飛び込んだのを、全員が目撃していることから、警察はそれを自殺と断定。

親御さんだけは事件や事故を疑っていたらしいが、現場に残された証拠が雄弁に自殺を支持していたから、時が経って風船がしぼんでいくように、やがて仲間の死は誰の記憶からも薄れていった。

今では同窓会でこのときの話を出しても、忘れている者がいるくらいだという。

三号はそれっきり二度と山登りはしなくなった。

確かにぼくが小さい頃から、登山とかトレッキングに連れて行ってもらったことはない。

三号にとってはそれくらいショッキングな出来事だったのだろう。

今になって思えば、ぼくたち子どもが学校行事で山へ遠足に行ったり、林間学校で登山をするというとき、異常に不安そうな目でこう言っていたのも理解できる。

「やまびこが近づいてきたら、誰かが死ぬ。だから山では決して、やっほーと言うな。わかったな」

まあぼくは、その注意を破ってあちこちの山でやっほーしまくっているが、いまだに近づいてくるやまびこには遭ったことがない。

なんとなく、一生遭わないような気がしている。

だからこれからも、やっほーと叫び続けるだろう。

5　夢でやまびこに遭ったら気をつけなければいけない話

で、もう一つのやまびこの話がこれだ。

さっきの話は、実際にやまびこをしたらこうなった、というものだったが、今回の話は夢の中で起きたこと。

……わかっている。ホラーやミステリの世界で夢オチは唾棄すべき存在として知れ渡っている。だからあなたがため息をついているのも当然のことだ。

確かに、散々いろいろ盛り上げておいて夢でした〜となれば腹立たしい。

だからわかる。「夢かよ」と思うのも。

でも、単なる夢オチならここで紹介したりはしないし、夢というものの潜在的な恐ろしさをぼくは信じているのだ。

さて、肝心の内容に入る前に、今回の語り主を先に紹介しておこう。

今回話してくれたのは、ぼくの叔母さん――七号。

七号は家族の中でも有数の霊能力を持っていて、もったいないからとスピリチュアルな仕事をしている。

どうでもいいけど、スピリチュアルって、とても便利な言葉で。

単なる占い師とか霊能者とか言うと実に眉唾でうさんくさく聞こえるのに、澄ました顔でスピリチュアルカウンセラーとか名乗れば、なんだかそれだけでありがたい人として崇め奉ってくれる。

そんなことねえわ、一緒だわ！　と叫ぶ声が聞こえてきそうだが、事実そうなのだから仕方ない。

否定的意見よりも肯定的意見のほうが多いのだ。

七号もそれをわかっていて、スピリチュアルカウンセラーとかスピリチュアルナビゲーターとか、なんだかもう、インカ帝国の都市かよ、マチュピチュかよと思うわけだが、そんなふうに名乗って、とんでもない金額をふんだくりながら暮らしている。

ぼくからしてみたら詐欺みたいなもんだが、霊能力があるというだけでお金がもらえるありがたい時代だということもまた、否定できないわけである。

そんな七号は仕事柄、芸能関係とか放送関係ともつながりがあって、長年ラジオ番組で占いのコーナーを担当していた。

その番組で、あるナレーターさんと知り合って仲良くしていた。

仮にその人を本田さんとするが、ある日本田さんがため息交じりに相談してきたというのが、この夢の話だったのだ。

本田さんはどちらかというと理知的な人で、スピリチュアルなものを真っ向から否定はせずともやんわりとおことわりするタイプの人だと思っていたから、七号はたいそう驚いた。

でも「こっち側」に引き込むチャンスと思って、

「夢というのは深層心理が顕在化したものでね。無意識で感じているストレスや欲求が夢という形で現れたりするの」

柄にもなく難しい言葉を使ってたらしこもうとすると、

「ええ、本で読みました。そういう説もあるみたいですね。でも……そういうのとはちょっと違う気もするんです」

やんわりと否定する。本田さんはそういう人なんである。

自分なりに相当調べた上で相談してきているのがわかったので、七号は黙って話を聞くことにした。最初からそうしていればいいのに、そうできないところが人前に出て商売をしようという者の卑しい性なのである。


で、聞いてみると。

本田さんは夢の中で大学生で。

当時所属していた放送研究会の面々と、川でバーベキューを楽しんでいる場面だったそうだ。

長い休みになると、よく野山に合宿と称して旅行に行き、馬鹿騒ぎするのが日常だったから、ああ、懐かしいな。そう思った、という。

放送研究会だけあり、みな声量には自信がある。

酔った勢いで、誰かが大声をあげた。

すると川の反対側にある切り立った崖の上から声が返ってきた。

「やまびこだ〜！」

これまた酔った勢いで、馬鹿みたいに楽しくなって再び叫び声を上げる。

すると、そっくりの叫び声が聞こえる。

その叫び声の真似をすると、また叫び声が返ってくる。

やまびこだ。やまびこ以外のなにものでもない。

といっても目の前にあるのは山ではなく崖だが。まあ現象としては同じだ。声が反響して戻ってくる。

「おもしろね」

誰かが言った。

それで、どんな話の流れだったかは夢の中ゆえハッキリしないが、誰が一番いいやまびこを出せるかで勝負をすることになった。

悲鳴をあげてみる者もいれば、あいうえお、と真顔で叫ぶ者もいた。

どんな声をあげても、やまびこは丁寧に戻ってきた。

ところが「いいやまびこ」の定義を決めていなかったから、決着はつかず、グダグダのまま。

「決めとけよ～、最初に！」

みんなで笑った。

その笑い声すら返ってきたから感心する。


「律儀なもんだな、やまびこって」

「……りちぎなもんだな、やまびこって」


こんな具合だ。

そのときになって、部員の一人が「なんか変じゃない？」と声を上げた。

その様子があまりにも緊迫していたから、思わずシーンとなった。

「変って、何が……？」

ややあって本田さんが聞き返すと、

「……なんかへんじゃない？　へんってなにが？」

それすら返ってくる。

するとその部員はサッと青ざめて、どういうわけかガクガクと震えた。

「うそでしょ……うそでしょ……」

「どうした」

「もうやめよう、もう離れよう、ここ」

やめるのはともかく、ここを離れるというのは、みな納得がいかない。

「どうしてどうして」

「はあ？」

「わけわけけんね～」

などと非難囂々。

しかしその部員は真顔で「しーーーっ！」と指を立て、

「どうしても話すなら小声で」

と囁くように言った。

「だから、どうしてだよ」

本田さんが囁く。

その部員はおびえきった様子。

キスでもするのかという距離まで顔を近づけて「やまびこがどんどん大きくなってるの、気付かない？」とささやくように言った。

本田さんの鼻頭が彼女の息で生ぬるく濡れる。

「………それがなんだってんだよ？」

いつのまにか部員全員が顔をずらっとくっつけている。

その一つ一つの顔をじっくり見比べるようにして、その部員は言った。

「わたしが東北の生まれだってのは知っているでしょ」

「うん」

「昔からお祖母ちゃんに聞かされてきたことがあるの」

「なに？」

「やまびこって………昔は、妖怪の仕業って言われていたの」

「それは聞いたことある。でもそれって、迷信でしょ」

「わたしもそう思ってた。でも、違うかも」

「……え？」

「お祖母ちゃん、言ってた。やまびこが遠ざかっていくぶんには危険はない。でも」

「……でも？」

「近づいてきている場合には、やまびこが……捕まえに来てるんだって」

——捕まえに？

「近づいてるってことは、声が大きくなるってことでしょ。だから、やまびこが大きくなっているときには、刺激しない方が良いの。ね。わかった？　わかったら帰ろう、いますぐ」

その部員の表情は真剣そのものだった。

しかし調子に乗った男子部員がひときわ声を張り上げた。

「信じねーぞ、おれはぁ！」

「……しんじねーぞ、おれはぁ！」

「やまびこぉ！　来れるもんなら、来てみろや！」

「……やまびこぉ！　これるもんなら、きてみろや！」

きれいに跳ね返ってくる。

いや……。

このとき本田さんも気づいた。

ただ返ってくるだけではない。

最初の頃に比べて音量が大きすぎる。不自然なほどに。

「だから来いって言ってんだろコラ！」

「……だからこいっていってんだろこら！」

「来いよ！」

「……こいよ！」

「来いよ、コラァ！」

「…………」


そこではじめて、間があった。


みんなが「えっ」と思った次の瞬間、背後から声がした。

「来たよ！」

慌てて振り返ったが、そこにはバーベキューの焼け焦げた肉があるだけで、声の主は誰もいなかった……。

で、目が覚めたのだ。

なるほど確かに変な夢だね、と七号は言った。

「で、ここからが本題なんですが」

本田さんは背後を気にしながら身を乗り出した。

「実は、その夢を見て以来、ちょっと変でして」

「変って……どういうところが？」

「仕事中に、奇妙なことが起きて……集中できないんです」

「奇妙なこと？」

「……マイクに向かって話しますよね。たとえば『こんにちは』って。そうすると、一秒ほどして、同じ言葉が反響して聞こえてくるんです」

「えっ、つまりやまびこってこと？」

「……ぼくの性格、おわかりだと思うんで言いますけれど、もちろん夢と関係しているなんて最初は思いませんでした。単にハウリングが起きたのかもしれないし、機材の調子がおかしかったのかもしれない」

「そうね」

本田さんならそう考えるだろうと七号も思った。

「ところが、それが何日も続くんで、思い切ってスタッフに尋ねてみたんです。そうしたら、そんな現象は絶対に起こっていない、って……」

「……つまり、やまびこは本田さんにしか聞こえていなかった？」

「ええ、そういうことです」

「うーん」

「急いで医者に行きましたよ。脳の異常とか、耳の異常とか。原因を知りたいと思って。でも、どこにも異常はなかったんです。原因も対処方も不明のまま……」

そうなって初めて、夢のことを思い出したのだ、という。

「……それって、なんなん？　叔母さん、解決できたの？」

ぼくが聞くと、七号こと叔母さんは首を横に振った。

「夢が現実に作用するってことは、少なくないわ。でもその場合の多くは、実は誰かの呪いだったりするの」

「呪い？」

「そう。本田さんのことを憎んでいて、はやく辞めろ、辞めろって思っている人がいたってこと。で、そういう呪いは解くのが難しいの。かかり初めならまだしも、本田さんの場合は、結構進行していたから……」

「……じゃあ、本田さんはどうなったの？」

「やまびこは日を追うごとに大きくなっていったみたい。難聴を疑って、もう一度医者にかかってもみた。でも、聞こえ方は正常で医者にも訳がわからない。……最終的にはジェット機が耳元で飛んでいるような感覚だったって、書いてあったわ」

「……書いてあった？」

「そう。遺書にね」

あっけらかんと言う。

死んだんか〜い、とぼくがのけぞったのは言うまでもない。

ややこしい話で恐縮だが、これでタイトルの意味がわかったと思う。

夢でやまびこに遭ったら気をつけた方がいい。

そしてできれば「やっほー」なんて叫ばないほうが無難だ。やまびこが近づいてくるかもしれないから。

まぁ、ぼくはやるけどね。

6　ツルツル様

夢繋がりで思い出した話がある。

くどいようだが、ぼくは「怖い話」を寄せられることが多い。

普段家族から聞かされているので、別に聞きたいオーラを出しているわけではないのだが、話したがっている人からすると、わかるらしい。

……この人なら、最後まで聞いてくれるということが。

数年前の夏。仕事で遅くなって終電もなくなり、タクシーを利用する羽目になったことがあるのだが、そのときドライバーだった五十嵐という男が唐突に言った。

「お客さん、わたしね」

「……はい」

この時点で嫌な予感はしていた。

「――妙な夢を見たことがあるんですよ」

「ほう。妙な夢、ですか」

よせば良いのに相槌を打ってしまうのがぼくの悪い癖だ。

「ええ。夢の中でね、わたし、テレビのディレクターっていうんですか。あれになっているんです」

「ほう。ディレクターですか」

「ええ。もちろん、なったことなんてありゃしません。でも、こういう仕事をしていると、ほら。テレビ局や制作会社の人を送ることも多いので、何となく、気にはなっていました。何といいますか、あの人たちって会話が華やかでしょう。有名な方と遊んだとか、モデルの子たちと飲み会をした、とか」

「そうですねぇ」

「……認めたくはないですけど、憧れといいますか、そういうものがあったのかもしれません」

「だから、そんな夢を見たと？」

「ええ。本当に妙な夢なんですよ」

不思議なもので、怖い話が始まると、きまって途中で時間切れということがない。何かの因果か偶然か、最後まで聞けるようになぜか時間が調整される。

このときも、五十嵐が話し出すまでは順調に流れていた高速道路が、話し出した途端、渋滞になった。ナビに映し出された情報を見るに前方で事故があったようですぐには動けそうにない。

こういうときは逆らわずに、聞き遂げるのが一番だということを経験則で身に沁みているぼくは、深々とシートに腰掛け、五十嵐の語る妙な夢の話に、身をゆだねることにした。

夢の中で五十嵐がいたのは東京都港区にあるビルのエントランスだった。

時計を見ると十六時五分前。

目当ての会社が四階にあることを確認したとき「おう、はやいな」と言いながら先輩の田辺がやって来た。

田辺はプリントアウトした企画書の束を「凸凹番組制作」と書かれたオリジナルの紙袋に入れて持参している。

今日はこの田辺とともに、モデル事務所にて番組の打ち合わせだった。

エレベーターに乗り、四階で降りると、受付にでかでかと有名モデルの顔写真が飾られ、その下には所狭しと蘭の鉢植え。

五十嵐はその雰囲気に圧倒され、上京してきた中学生のようにきょろきょろと周囲を見回した。

そんな五十嵐に先輩は「きょろきょろするくらいならいいけど、絶対にうろうろはするなよ」ときつく言った。

「え、どうしてですか」

理由を尋ねる。

「どうしてもだよ。わかったか？」

「わかりますけど……気になりますね」

「あのなぁ。この業界は新人がすぐに辞めていくだろ。その理由がわかるか？」

「え？　きついから、ですか」と五十嵐は答える。

先輩は首を横に振る。

「きついのは当たり前だ。仕事だからな」

「じゃあ、なんなんです」

「……見てはいけないものを見たり、触れてはいけないことに触れるからだ」

「なんですか、それ」

それっきり、先輩はなにも答えてくれなかった。


打ち合わせが始まると新人の五十嵐にできることはメモをとることだけだった。誰もが知っているような有名タレントの名前がばんばん出てくるので、緊張して喉が渇いた。

テーブルに置かれたコーヒーは、選りすぐりの豆をつかった特別なものらしく、一口飲んだだけでそのうまみに痺れた。

世の中にはこんなモノがあるのかと衝撃を覚える一方で、飲み過ぎによる尿意がわき起こってくるのを止めることは出来なかった。

五十嵐は「すみません」と打ち合わせの流れを切ると、トイレに立った。

事務所の女性スタッフが親切にもトイレまで付き添ってくれる。

いま思えばそれは余計なところへ行かないように見張るためだったのだろうが、そのときは単に親切なんだな、としか思わなかった。

トイレに入ると、また仰天した。

優に三畳はあろうかという広さ。単なる便器が名だたる芸術家のオブジェにすら見える。

緊張しながら便座にまたがると、ちょうどいい温度だった。当然、ウォシュレット。きょろきょろしながら用を足し、紙を手に取る。そこでまた驚いた。

や、柔らかい……！

こんなトイレットペーパーがあるのかと思うほどの柔らかさだった。

綿のような感覚。

なにからなにまで度肝を抜かれながら、いざ水洗しようとリモコンのスイッチに手を伸ばす。五十嵐は誤って「大」と「小」を同時に押してしまった。

すると、不思議なことが起こった。

トイレがガタリと揺れ、ウィイインという機械音とともに振動し、ゆっくりと動き出したのだ。

いったい何が起こっているのか、理解できなかった。

どこへ行こうというのだろう。

まるでエレベーターに乗っているような感じだった。

トイレは滑るように横移動してから、ゆっくりと上昇して止まった。

おそるおそる戸を開くと、別世界が広がっていた。

明らかに地中を彫り抜いたといわんばかりの、薄暗い横穴。

左右上下の壁や床にはまだ土が見えているし、天井には申し訳程度に裸電球が等間隔で並んでいる。

そんな横穴が、いきなり目の前に現れたのだ。

穴の先は薄暗くてよく見えない。

かなり遠くまで続いているようだ。
引き返すべきだろうか。
五十嵐は一瞬、躊躇した。
——引き返すべきだっただろう。
しかしこのとき、五十嵐の心が前進を要求した。
行け、行ってみるんだ。
五十嵐は心の命じるまま、横穴に足を踏み入れた。
先輩は言った。
見てはいけないもの、触れてはいけないことがある、と。
この先にそれがあるのだろうか。
怖かった。不安だった。
だが、最も心の中を占めていたのは「どうせなら見てみたい」という思いだった。
人間に備わった猛毒——好奇心。
いま、五十嵐は好奇心の塊だった。

通路を進んで五分ほど経っただろうか。
ようやく何かが見えてきた。
ドアだ。突き当たりに一つだけ、ドアがある。
この中に、誰が？
足音を忍ばせ、動きをゆっくりにする。
と、あと十メートルというところまで近づいたときだった。
妙な声が聞こえた。

「刀、刃、カッター、アイスピック、ツルツル」
「刀、刃、カッター、アイスピック、ツルツル」
「刀、刃、カッター、アイスピック、ツルツル」

その謎の言葉の羅列は、明らかにドアの向こうから聞こえていた。
いったい、何だろう。この言葉は。

「刀、刃、カッター、アイスピック、ツルツル」
「刀、刃、カッター、アイスピック、ツルツル」
「刀、刃、カッター、アイスピック、ツルツル」

ひっきりなしに聞こえてくる。
五十嵐は、ドアノブに手を掛け、ゆっくりと回した。
そっと隙間をあけて中を覗く。
すると、黒いポンチョのようなものを着た人物が五人。

「刀、刃、カッター、アイスピック、ツルツル」
「刀、刃、カッター、アイスピック、ツルツル」
「刀、刃、カッター、アイスピック、ツルツル」

謎の言葉を唱えながら、一心不乱に飛び跳ねている。
思わず「なんだこれ」と声に出してしまった。

瞬間、ポンチョ集団が勢いよく振り返る。

「見たわね……！」

なんというベタな展開。

ポンチョ集団は奇声を上げながら五十嵐に向かってくる。

五十嵐は逃げた。逃げに逃げた。横穴を必死に。

そしてようやくトイレまでたどり着くとドアをロックし、水洗リモコンの「大」と「小」の同時押し。さきほどはこれで動いた、はずだった。

どういうわけか、うんともすんとも言わない。

どうして。なぜ。どうしたら。

パニックになる五十嵐のすぐ後ろで声がした。

「刀、刃、カッター、アイスピック、ツルツル」

トイレのドアノブがガチャガチャと激しく揺らされた。

このドアが開いたら、どうなってしまうのだろう。

そう不安に思った瞬間――。
――目が覚めたらしい。
五十嵐は「ね、怖いでしょう」と言って、バックミラー越しにぼくを見た。
確かに妙な話だし、夢で見たら怖いだろう、と同意する。
けれど、いかんせん謎が多い。
なぜオシャレなモデル事務所にそんな横穴があるのか。
なぜ黒いポンチョを着た集団が跳ね回っているのか。
きわめつけは「刀、刃、カッター、アイスピック、ツルツル」という言葉。
意味ありげに見えてまったく支離滅裂。
夢によくある話だ。
ぼくは正直にそんな感想を伝えた。
すると五十嵐は「やはりそう思いますよね」とため息をつく。
聞けば五十嵐も、朝起きたときはそう思ったらしい。
変な夢を見たな、気持ち悪いなとは思ったが、勤務に支障が出るようなことではなかったため、そのまま朝からタクシーで稼いでいた。稼いでいる内に、夢のことなんて忘れてしまい、夜には思い出すこともなくなっていた。

だが……。

ある女性客が全てを変えた。

若い女性だった。

ドアを開けて行き先を伺うためにちらりとその顔を見たとき、

……どこかで見た顔だ、と思った。

信号で止まるたびに、バックミラーで顔を盗み見た。何度かそれを繰り返して、ようやく思い出した。

夢の中でトイレに付き添ってくれた、親切な事務所スタッフだったのだ。

こんなことがあるなんて、信じられなかった。

意味不明な夢に出てきた女性とばったり出くわすなんて。

これは……なにかあるかもしれない、と考えた。

五十嵐は、夢で会いましたよねと言いかけてやめた。

バカなナンパみたいだ。

とはいえ、気になる。

なんとか会話の糸口を見つけようと、他愛のない世間話で距離を詰める。

女性は特に警戒心を抱くわけでもなく、五十嵐に相槌を打ちながら、スマホをいじっていた。

まもなく目的地というところで、五十嵐は思いきって訊ねた。

「実はね、お客さん」

「はい、なんですか」

「昨日、別のお客さんからクイズを出されましてね。答えがわからなくて悔しいんですよ。よかったら一緒に考えてくれませんか」

女性はスマホから目を上げ、笑った。

「いいですよ、どんなクイズなんですか」

「変な話なんですけどね。刀、刃、カッター、アイスピックときたら、次はなんですかね？」

「……え？」

一瞬で空気が変わったのがわかった。

いま挙げた四つには共通点らしきモノがあるから、この反応はおかしい。

五十嵐はハザードを炊いて車を停めると、女性を振り返る。

女性は暗く険しい表情だった。

「その次は、ツルツル、ではないですか？」

と五十嵐。

「……あなただったのね」

女性は全てを悟ったかのように言った。

「あのディレクターの中に別の人がいることはわかっていた。だからみんな警戒していたの。まさかあなただったとは……」

完全に目が据わっている。

「単なるタクシー運転手がなんであそこにいたの？」

詰問口調で言うので、五十嵐は途端に怖くなった。

「ちょ、ちょっと待ってください。私、あまりよくわかってなくて。夢で見ただけなんですよ、夢で」

「夢、ね」

「ええ。でも、あなたがいるということは……あれは、もしや実際にあったこと、なんですか？」

「……実際にあったことよ、もちろん。……なに？　なにもわかってないの？」

「は、はあ」

「……参ったわね。まったくの偶然であそこにいたってこと？」

「見ちゃいけない夢でしたか」

「どんな夢を見るかは自由よ。でもそれが良い夢か悪い夢かくらいの判断は出来ないわけ？」

「だ、だって……」

女性は深いため息をつくと眉間に指を当て、目を閉じる。

十秒ほどそうしてポツリと、

「まあ、敵じゃないならいいか」

とつぶやいた。

「敵、というと……？」

「運転手さん。見られた以上お話ししますが……他言しないでくださいね」

口調が柔らかくなっている。

「他言したら、聞いた人にもたたりがあるかもしれないから」

「……たたり？」

「ええ」

女性は咳を一つして、声を潜める。

「聞いたことないとは思いますが、あれは、ツルツル様の儀式なのです」

「つ、ツルツル様、ですか？」

なぜだか禿頭が脳裏に浮かんだ。

「からかってます、もしかして？」

「あなたが言い出したことですよ。どうして私がからかうんです？」

「いや……だって……」

「ツルツル様というのは俗称です。本当の名前は知りません。だけどあれは真面目な儀式なの」

「……そうなんですか。でも、どうしてそんな儀式を？　正直言って、あんなオシャレな事務所であんなことが行われているなんて、信じられなくて……」

「必要だからやっているんです。やりたくてやっているわけでは……」

女性はおぞましいものを見たとでも言うように、二の腕をさすった。

そしてもう一度深いため息をつくと、

「……弊社は、簡単に言うととんでもなくたちの悪い悪霊に取り憑かれていまして」

「悪霊、ですか」

「同業者に呪われたんです。呪ったやつらは、弊社を目の敵にしていまして……。まあ、それはいいでしょう。とにかく、その悪霊は弊社のタレントに悪さをします」

「悪さ、ですか」

「ええ。弊社のタレントは売れてくると必ず大きなスキャンダルに見舞われる。タレント生命に関わるような、ね。そうならないように、悪霊から守ってくれるのがツルツル様なの」

「……は、はあ」

禿頭のオッサンが女の子を守る光景が脳裏に浮かんだ。

そのイメージを見透かしたように女性は「まあ、信じるも信じないもあなたの自由です」と続けた。

「あの部屋にいたのは弊社のタレントたちです。売れたくて仕方ない子たち。なにをしてでも売れたい子たち」

「なにをしてでも？」

「……ツルツル様は刃物と関係のある神様で、悪霊と戦う術があります。一方で、とても女好き。ツルツル様に守ってもらっている子は、彼氏も出来ませんし、結婚もできません。それが契約」

「恋愛を犠牲にして守ってもらうということですか」

「そうです。それくらい必死なのです」

「でも……売れてきたら恋愛してしまう子もいるのでは？」

「ツルツル様は刃物と関係があると言いましたよね。刃物は扱いを間違えると、自分に危害が及ぶもの……。わかりますよね」

若い女の子が禿頭のオッサンに切り刻まれるイメージを想像した。

「……おそろしいですね。そうするとあの妙な言葉は、ツルツル様をお呼びする呪文ということですか」

「そうです。必ず刃物をひとつ以上入れ、最後にツルツルと言いながら跳ねる。儀式が終わるまで、部屋の外に出てはいけないし、誰かに見られてもいけない。それがルール」

「口にする刃物の数が増えれば増えるだけ、守護の力も高まり、違反したときの罰もきつくなる……？」

「そういうことです。ツルツル様はお呼びするのが簡単な割に、リスクが大きい。声も聞こえますし、跳ねる音もします。なのに誰にも見られてはいけないとなると、ああいう隠れた場所でお呼びするしかないのです……」

「なるほど……」

「わかっていただけましたか？」

「なんとなく」

「結構。最初に言いましたが、この話は他言してはいけませんからね。話したら何があるかわかりませんからね」

女性はもうおしまいという風に手を振る。しかし五十嵐はさらに食い下がり、

「話したらどうなるんです」

と聞いた。

「……運転手さん。あそこで見たことは、あなたにとっては夢だけど、あの新人ディレクターにとっては現実なの。彼がどうなったか知ったら、きっと誰かに話そうだなんて考えないと思うわ」

「どうなったのです」

「……よく知られている呪いの儀式に、藁人形に五寸釘を刺すというものがありますよね。あの儀式を人に見られるとどうなるか、知っていますか？」

「呪いは全部自分に跳ね返ってくるんでしたっけ」

「そう。そこまで知っているならわかりますよね。呪いの儀式は人に知られてはいけない。あなた、夢で追いかけられたはずよ」

「確かに追いかけられて、捕まりました。そこで目が覚めましたが……」

「目が覚めてラッキーだったわね」

「え？」

「あのディレクターはいまでも昏睡状態よ」

「えっ」

「言ったでしょう。なにをしてでも売れたいの」

——七号によれば、このような現象はスピリチュアルの世界ではよく散見されるようだ。

リモートビューワーと言って、意識を夢やイメージに乗せて別の場所へ移動させ、その場所の様子を観察できる能力らしい。

つまり五十嵐がなんらかの拍子にリモートビューワーを行ったとしたなら。

……ツルツル様の呪いが、ぼくの方へ来ないことを祈るばかりである。

7　ブルックリン

地方がどんどん都会化している、って言うよね。

ぼくなんかは平成も三十年近く経っている割には、まだそこかしこに昭和臭が漂っている気もしているけれど、昭和の三十年頃と比べれば、農村だろうが漁村だろうが、確かに都会化していると言ってもいいのかもしれない。

藁葺き屋根の家なんて滅多に見ないし、どこに行っても携帯電話がつながるし、ちょっと車を走らせればショッピングモールがでかい顔して居座っている。

まあ正確には、都会にショッピングモールはないから、ショッピングモールがある、イコール地方、つまり「田舎」ってことになるんだけど。

それはさておき。

なんでこんな話をしているかというと、四号であるぼくの母が、とある離島の生まれなんだ。

離島といってもさまざまで、人口数百人の規模から数千人、数万人の規模までピンキリだから、一概に離島、イコール田舎と言い切ることもできないけど、四号の実家のある離島は、まあ、どんなにひいき目で見ても田舎としか言えないところだ。

いまでもそうなのだから、四号が子どもの頃となると、田舎オブザ田舎、田舎オブザイヤーを受賞しそうな雰囲気だったらしい。

だいたい五十年くらい前だろうか。

島に国道はなく、生活道路の類いは良くて砂利道、ひどければ四駆が必要なくらい荒れていた。舗装された道路は、島を取り囲む県道だけ。

その県道にも街灯すらなくて、夜は真っ暗だった。

月が出ていればまだ明るいが、トンネルにでも入ろうものなら一巻の終わり。

しかもそのトンネルが長い。

そのうえ蛇行しているもんだから、前と後ろに見えるはずの出入り口すらわからない。

途中で立ち止まれば、感覚を失うほどの暗闇に取り残されるらしい。

そんなトンネルに明かりがないのだから、なんともおそろしい。

おそらく昼間でもろくに明かりが届かないだろう。

車だったらヘッドライトがあるからまだいいが、歩きとなると……ぞっとする。

でも、そんなトンネルでもないよりはマシ、と島の人々は使い倒していた。

トンネルができる前は、島の北部と南部の間には険しい峠が横たわっていて、行き来するだけで半日はかかるという難所だったからだ。

だからこのトンネルに不平不満を言う人はいなかった。

なにしろ平坦だ。平坦に勝る正義はない。暗闇なんて、この当時はトンネルだけの特権ではなく、あちこちにあった。だから歩く人はみな、懐中電灯やロウソクを持ち歩いている。

まさしく、ないよりはマシ、というわけだ。

ところが、いつの頃からか、このトンネルに良くない噂が立った。

トンネルに立つ良くない噂といえば、ひとつしかない。

そう。出る、という噂だ。

トンネルの関係者は、根も葉もない噂だと一蹴した。しかし一度立ったこういう噂は、そう簡単に鎮火しない。

事実、トンネルを歩いていると変な声が聞こえる、という証言が次々と飛び出した。

車に乗っていると、走行音やエンジン音でかき消されてわからないが、歩いているとハッキリ聞こえる、という。

そんなわけで、このトンネルを歩いて通る人はいなくなった。

昼でも夜でも関係ない。通るときは車やバスを使う。

その当時、四号は北部に住んでいたが、学校は南部にあった。

だから毎朝毎夕バスに乗って通っていたため、その「変な音」を聞くことはなかったらしいのだが、あるとき、友だちと遊んでいて日が暮れ、バスの時刻を過ぎてしまったことがあったらしい。

歩いてトンネルを渡らなければならなくなった。

噂は気になったが、まあ霊感はもともとあったし、あちこちで日本兵の幽霊などを見ていたから、またその類だろうと考えていた。

だったら別に怖くはない。

ということで、てくてくトンネルを歩いて行く。


あ、念のため説明しておくと田舎オブザ田舎、田舎オブザイヤー候補地のバスは、そうそう本数がない。

一本逃すと次は二時間とか平気で待たされる。場合によっては冗談みたいな時間に最終バスが出ることもある。

だから四号も、歩いていた。歩くしかなかったのだ。

普段バスで通れば数分の道のりも、歩くとなると時間がかかる。

すでに暮れかけていた日はいよいよ海の向こうにサヨナラして、群青色の宵闇がコンバンハしていた。

折しも新月。みるみるうちに周囲は暗くなる。

星明かりでなんとなく周囲は見えるが、それもトンネルに入るまでのこと。

いざ足を踏み入れると、めまいが起きるほど真っ暗だった。

前も後ろも視界がほとんどない。壁に手をつき、歩くしかなかった。

と、真ん中あたりまで来た頃だろうか。変な声が聞こえた。


――ブルックリン、ブルックリン、ブルックリン。


くぐもっていてよくわからないが、言葉にするとそう聞こえた。

――ブルックリン。

何だろう、と思いながら歩いて行く間にも声はずっと聞こえている。

ブルックリンが外国のどこかだということは知っていた。

でもどうしてそんな言葉がトンネルの中で聞こえるのか。

「変な声が聞こえる」

という噂を思い出した。確かに変だ。変というよりも妙だ。関連性もへったくれもない。

そんなことを考えながら、どれくらい歩いただろうか。

一向にトンネルを出る気配がない。蛇行しているとはいえ、歩き続ければ出口が見えるはずなのに。

いよいよおかしいぞ、と思ったときだった。

突如背後からクラクション。ぎょっとして身をよじると、脇をすり抜けていく音と風。

すぐ後にブレーキ音が響いた。

あれ？　夜なのにヘッドライト、つけてないのかな、と思った。

だけど、そんなはずはない。

ふと気づくと、手で辿っていたはずのトンネルの壁もどこにあるかわからない。

あれ、あれ、と思っていると、バタンと音がして誰かの走ってくる音。

「お嬢ちゃん、大丈夫か？　道路の真ん中をふらふら歩いてるなんて、危ないじゃないか。轢いちまうところだったぞ」

――え、道路の真ん中？

そう疑問に思った瞬間、声の主は「うわぁっ」と叫んで、四号の顔をバシバシと叩いた。

痛い、なにすんだ、と言うか言うまいかのところで、真っ暗だった視界に光が入ってくるのがわかった。

ぼやぁっとした世界が徐々に輪郭をおびえていき、初老の男性の顔が見えてくる。

――どういうこと？

困惑しながら男性を見ると、青ざめた顔でこう言った。

「トンネルの中で、何があった？」

「え？　何が、というと？」

「いまな……手のひらが……白くて細っこい手のひらが……いくつも折り重なって……お嬢ちゃんの目を覆っていたんだ……」

「ええ？」

「だから叩いて落としたんだけど……目、大丈夫か」

「……何も見えなかった。真っ暗闇で……。わたし、ずっとトンネルの中にいると思っていました」

「なんだって？　それで……道路の真ん中に……」

男性は絶句して立ち尽くしていた。

視界の戻った四号が改めて周囲を見渡すと、トンネルはとっくに通り過ぎていて、いまは見通しの悪い道路に立っている。

目を覆われて、トンネルの中にいると錯覚させられたのだ。

危なく轢かれるところだった、と冷や汗をかいた四号は、その日以来最終バスに乗り遅れることのないよう注意して過ごしたらしい。

だけど、ブルックリンという言葉の意味は謎のままだった。

「いまでもそのトンネルってあるの？」

話を聞き終わったぼくが訊ねると四号は、

「あるわよ。電灯が付いて、明るくなっているけどね。ただ……噂っていうのは怖いね。いまでも歩いて通る人は、ほとんどいないらしいわ」

8　白い瞳

九号、つまり次女であり、ぼくのすぐ上の姉は、こんなこと言うと図に乗るので本当は言いたくないのだけれど、弟であるぼくから見ても結構、美人だ。

スタイルはそれほどでもないんだが、それを補って余りある美貌。

十代の頃は、一つ屋根の下に暮らしていることを同級生はおろか上級生下級生、教師にまで羨ましがられた。

いま思えばとんでもないエロ教師がいたものだが、羨ましがられると俄然意識してしまうもので、歳が近いこともあり、寝ている姿に悶々としたことも、一度や二度ではない。

……そんな変態エピソードはどうでもいい？　そうかもしれない。

でも美人と言ってもいろいろだ。

男を寄せ付けないタイプの美人もいれば、男を惹き付ける美人もいる。

言うまでもなく九号は後者のタイプなわけだが、要するにぼくはそういうことを説明しておきたいのだ。

で、寝姿で思い出したが、いつだったか、寝間着姿を写真に撮ってくれと二つ上の上級生に頼まれたこともある。

ひ弱だったぼくは逆らえば面倒なことになると考え、二つ返事で引き受けたものの、いざ九号のベッドまで行ってみると、あられもない姿で寝ている哀れな姉のことがどうしようもなくいとおしくなり、写真に撮ることができなかった。

殴られることを覚悟で、翌日「撮れませんでした」と謝ると、その上級生はひとこと「わかるよ」と言って許してくれた。

わかる、だぁ？　誰が見ても美人な女性が肉親であることの悲哀がわかるわけねえだろ、とぼくは内心カチンときていたが、ひ弱なので顔には出さなかった。

こういう処世術にぼくは長けている。そしてこういう処世術でぼくはいまも仕事をしている。

まあ、それはいい。

とにかく、こういう男が多かった。九号に取り入ろうとしてぼくを懐柔しようとする奴が。

将を射んとすればまず馬を射よ、というわけか。馬か、ぼくは。ぼくが馬ならお前は鹿だ。二人あわせて馬鹿だ、この野郎。

そんなざらついた気分で家に帰ると、そんなときに限って、

「十号、見て。ダイエット成功したの〜」

と半ケツでくびれを見せつけてくる。弟が思春期であることなどお構いなしだ。下半身がそれこそ馬のように欲情してしまうことなど、誰にも相談できない。

いまでも会うと、周囲の人が誤解するくらいに馴れ馴れしく懐に入り込む。男というのは馬鹿なんだから、そういう接し方はほどほどにしろと口を酸っぱくして言っても、

「弟が生意気言ってんじゃないよ」

と快活に笑う。

その顔を見ていると何でも許してしまいそうになるあたり、ぼくもなかなかのシスコンであると言える。

そんな九号だから、街を歩いているとしょっちゅう視線を感じるらしい。

いままで話してきたことでわかると思うが、視線を集めてしまうような格好をする九号にも問題はある。しかもせっかく見てくれるのだからと、妙なサービス精神で時折ウィンクしてしまったりするから、何度となく「おれに気がある」と勘違いされ、ストーカーされ、危ない目に遭ってようやく「視線を感じても、いちいち相手にしていたらダメだ」とわかってきたらしい。

それで最近は、視線を感じても無視して通り過ぎるようにしているらしいのだが、ある夏の朝のこと。気持ち悪いことがあった、という。

七月の初旬の暑い朝だった。

二の腕にじっとりと汗をにじませながら九号が電車に乗っていると、強い視線。視界の端で確認すると、サラリーマン風の男がこちらを見ている。

ああ、またいつものかと思った。

ここでいい顔をするとまたトラブルになるかも。

そう思い至った九号は、頑張ってガン無視を決め込んでいたのだが、視線は一向に離れない。いつまで経ってもじっと見つめている。

――そんなに私が好きなのか。しょうがねえ野郎だ。

そう思った九号は、びっくりさせてやろうといきなり目を合わせてみた。

すると、驚くべきことが起こった。

男の瞳が一瞬ひっくり返ったように白くなったのだ。

あれっと思う間もなく元の黒い瞳に戻ったが、確かにひっくり返った。

虚を突かれた九号が目をぱちくりさせていると、男はふいっと後ろを向いて、それっきり。

宇宙人かな、とぼくが言うと九号は「絶対違う、バカじゃないの」とぼくを罵る。そこまで言わなくてもいいのに、と思うが、罵られて嫌な気分はしないあたり、やはりよっぽどのシスコンである。

九号も我が家の霊感体質を受け継いでおり、妙な体験は何度もしているが、瞳がひっくり返る男、というのは初めてだったらしい。

「あれはなんだったのかなぁ」

その晩、しきりに唸っていた。

すると、黙って読書をしていた二号が老眼鏡を外して、

「それはたぶん、しろやぎさん、だろうねぇ」

と言った。

「なんなの、そのしろやぎさんって」

ぼくが訊ねる。

「十号はしろやぎさんの歌、知ってるだろ」

「歌？　歌ってアレ？　くろやぎさんから来たお手紙を食べちゃう……」

「そう。それ。カミを食べるからしろやぎさん」

「紙を食べるって……どういうこと？　姉ちゃん、紙を持ってたんか？」

「持っとらんし。メモは全部スマホだし、定期はカードやし」

「だよね」

ぼくらの会話を聞いて、二号が吹き出した。

「あほ。その紙とちがう。髪」

「え、髪の毛？」

「そう。しろやぎさんは、目が合った相手の髪を食べちまうんだよ」

「はぁ？　なにそいつ」

「神様の一種だと言われているけどねぇ」

「ええっ。じゃあ姉ちゃん、やばいじゃん。神様なら逃げ切れなくない？」

ぎょっとして九号を見ると、当事者だというのにあっけらかんとした様子で、

「……そういえば駅から帰ってくるときさぁ、痴漢がいたんだわ。そいつ、髪の毛を触りまくってきてさ」

「えええぇっ」

「けど昨日コンディショナーし忘れたから触って欲しくなくてさ。ぶん殴ったんだ。あいつ、かな？」

ぶん殴った。神様を？

というか、コンディショナーがどうとか、そういう問題か？　コンディショナーをしていて髪が健康な状態なら、触られても良いというのか？

なんだそれ、ぼくなんかまだ撫でたことすらないのに。

唖然とするぼくを一瞥して、二号がゆっくり立ち上がる。

「そうじゃなぁ、たぶん、その人かもしれん」

そして刑事ドラマの登場人物みたいに、カーテンを少し開けて外を覗く。

「やはりな。まだおるぞ」

「えっ。いるって、痴漢野郎が？」

ぼくは反射的に立ち上がった。

「ああ。見てみぃ」

ぼくは二号と位置を替わり、やはり刑事ドラマの新人デカのように、外を覗き見た。二号の言うとおり、塀の向こうからこっちをじっと睨みつけている男がいた。

「あいつが……姉ちゃんを……」

ぎりぎりと歯をかみしめて男を凝視する。許せねえ。いつになくぼくの中に怒りがわいてきた。ぶん殴ってやる。ぼくは拳に力を入れた。そのとき二号がぽつりと言った。

「目を合わせるなよ。髪を食われるぞい」

……それが五年くらい前のことだ。

二十代はふさふさだったぼくの頭も、だんだん寂しくなってきた。

これは絶対に、しろやぎさんのせいだと思う。

9　旋律

……迷惑な話を一つ。

自分に霊感があるかどうかわかる方法があるらしい。

こんな話を知っているだろうか。ネットの噂なのだが。

まず頭の中で、自分の家の自分の部屋にいるイメージを思い浮かべて、そして、そこから順番に全部の部屋を覗いて回っていって、もしその途中で、どこかの部屋で自分以外の誰かに会ったら、霊感が強いということ。

見える時には見えちゃう。

……見えちゃう。

可愛らしく言っちゃうところが実に作為的だが、こういうことって本当にあるのかなと不思議に思ったぼくは、スピリチュアルの先生こと七号に尋ねてみたことがある。

実は七号は、もともとぼくと同じようにあまり霊感が強い方ではなかった。

でも、素質はあると言われていて、そのときはまだ目覚めていなかっただけ。

それがいまでは先生なのだから、霊感というのはボロい商売である。

ではどうやって目覚めたか。

「そのネットの噂が本当かどうかはわからないけれど」と前置きして、七号は自分が霊感に目覚めた方法を教えてくれた。

「目をつぶって、部屋の中にいると考えて」

「……考えた」

「その部屋には、大きなピアノが置いてある。見える？」

「見えた」

「あんたはピアノの前に座って、鍵盤に指を下ろす」

「下ろした」

「さぁ、曲を弾きましょう」

「どんな曲？」

「何でもいい。想像してみて」

「わかった。弾いてみる」

ぼくはそのまま、脳内に浮かぶ旋律を楽しんだ。

数分間の脳内リサイタルを終え、ゆっくりと目を開けると、七号はあっけらかんとして言った。

「最後まで弾けた？　最後まで弾けた人は、霊感があるわよ。さっきの話じゃないけど、見える時には見えちゃうかもね」

10　オーラ

霊感があると、職業によっては商売あがったりということもあるようだ。

八号ことぼくのいとこはスチールカメラマンをしているのだが、お察しの通り彼女も大した霊感を持っているので、撮りたくもないのに、ちょいちょい心霊写真が撮れてしまうらしい。

そんな場合は、もちろんレタッチ処理をして何事もなかったかのように納品するらしいが、中にはレタッチではどうにもならないものもある。

たとえば顔全体になにかオーラのようなものがかかってしまった場合は、修正することができない。

幸いなことに、二重露光にしか見えないので「撮り直しましょう」の一言で事なきを得るのだが。

あまりに同じようなものが撮れるので、こっそりコレクションにし始めて数年が経つ。

普通なら怖がって捨てるか、お祓いしてもらうべきものを、嬉々として集めるとはどうかしている。

さすが我らが心霊家族の一員。霊感体質の鑑と言ったところだろうか。

で、この間、そのコレクションを見せてもらった。

わかっている。そんなものに興味を持つぼくもぼくだ。

でもおわかりのように、ぼくだって心霊家族の一員。霊感こそないが、好奇心は誰にも負けないつもりだ。

そんなわけで、見せてもらった。

そのとき見たのは、五枚ぐらいだったと思う。

雑誌の広告などで、モデルが商品を手ににっこりと笑いかけている写真を見たことがあると思う。

まさしくそんな写真が、五枚。

モデルは全員ちがう子だということだが、撮影場所とカメラは同じ。

なにが影響してそうなったかわからないので、撮影時の状況を可能な限り裏にメモしてあるのは、さすがは緻密さが要求されるカメラマンと言ったところか。ホワイトバランス、露光、レンズ、絞り値、シャッタースピード、すべて異常なし。フラッシュライトの動作、正常。外の天気は晴れだったり曇りだったり雨だったり、まちまち。撮影時に人の出入りはなし。異常のない写真と比べても、これといって撮影環境に差がない。

にもかかわらず、五枚全てに、モデルの顔全体を覆うような色とりどりの光が重なっている。

オーラ、という言い方をするのだろうか。ぼくにはわからないが、噂で聞くオーラの特徴によく似ている気はする。

赤だったり、青だったり、緑、黄色、黒。

黒は光というよりは影といった方が正しいか。まあとにかく、そうした色の付いた「光」が、薄く透けながら顔を覆っている。

まじまじと写真を見つめるぼくの目を見て、八号は言った。

「赤い色がかぶっている人はね……」

「うん？」

突然解説を始めたので戸惑う。

「すごくストレスを抱えていて、爆発寸前なんだよね」

「……それは、どういうこと？」

「まあ聞いて。青い色の人は体の中に病気を抱えている。この人は撮影の三ヶ月後くらいに副腎にがんが見つかって、入院した」

「ええ……？　じゃあ、緑は？」

「緑は、歯とか口の周辺が悪い」

「黄色は？」

「黄色は頭が悪い」

「……っておい」

「そういう意味じゃなくて、脳溢血とか、くも膜下とか起こしそうな人」

「ああ」

そういう意味か。

「じゃあ、黒は？」

ぼくは黒い影が顔全体を覆い尽くしている人の写真を取り上げて言った。

「ああ、黒はね……」

八号はたっぷり間を取って、

「ただの撮影ミス。てへ」

「えええ」

「やーい、引っかかったぁ」

八号がきゃっきゃと喜ぶ。ぼくは「なんだよ」と毒づく。てへ、じゃねえよ。流れからいって、これも心霊写真だと思うだろう、普通。

馬鹿にされた気持ちだった。でも「黒はね」と言った瞬間の八号の目。一瞬、しまったというような翳りがあった。

あれはいったい？　もし、撮影ミスであることをオチとして用意していたのなら、いたずらっぽい目をしているのが普通だと思うのだが。

家に戻ると、ちょうど遊びに来ていた七号が、そんなぼくの疑念をめざとくかぎ付けた。さすがはスピリチュアルの専門家である。

「いったい、どうしたのよ。眉間にしわ、寄ってるわよ」

それもこれも、あんたの娘のせいだよ。

ぼくは早口で八号の所業をチクった。

七号は、最初のうちはウンウンなんてにこやかに聞いていた。

でも、黒い影の写真が話に出てくると、苦虫をかみつぶしたような、しわだらけの顔になった。

「え、そっちこそ、どうしたわけ？」

七号の様子に戸惑ったぼくが言った。

すると七号は、深呼吸でもするかのように長くて深いため息を吐いた。

「それね。たぶん、見せるつもりじゃなかったのね。後味が悪いから」

「え？　じゃあ、やっぱり心霊写真ってこと？」

「そうね。前に言ってたもの、あの子。黒い影がかぶっている写真が撮れたって。

それでその人が……」

「その人が……？」

「愛人を灰皿で殴って、死なせたの」

死なせた？　死んだ、ではなく？

「そう、死なせたの」

「……つまり、黒いオーラは『近いうちに誰かを殺す人』ってこと?」

「そう。殺人を決意した負の情念。それが、黒いオーラ」

撮影ミスと言って笑った八号。しまった、と悔いるような瞳。

あれは……。あの翳りは……。

事件を止められなかったことを悔いている、ということなのだろうか。

三年ほど経った今も、ぼくはまだ、このときの疑問を、八号に聞けないままでいる。

11　人の塔

一号が九十歳近いということはすでに書いたが、その伴侶である二号もまた、もういい年齢だ。

偏屈な一号に対し、社交的で明るく、誰に対しても分け隔てなく笑顔。霊感体質というと、そんなものを持っていない多くの人は、陰湿なイメージを持つかもしれない。

認めよう。そういう側面もあるし、実際そういう雰囲気を持つ人が多い。でも、こと二号に関しては的外れだ。

勤勉で読書家。夫を立て、家族を大事にし、友人との繋がりは絶やさず、恩は返し、仇は忘れる。

三十数年生きてきて、二号のことを悪く言う人には会ったことがない。

そりゃ、孫に面と向かって「あんたんとこのババアにはひどい目に遭わされたよ」などという人はいないだろうが「あんたのおばあさんには大変お世話になりっぱなしで、孫のあんたに恩を返さないと寝覚めが悪いんだよ」と、いらぬ世話を焼く人ばかりで、こちらのほうが恐縮してしまう。

寝覚めが悪いくらいの恩義。いったいどれほどの情を振りまいたのか。

本人に問いただしても「わからないのよねぇ」と言う。

つまりは無意識でやっていることなのだろうが……。無意識のうちに人を癒やすなど、まるで歩くパワースポットではないか。

……宗教じみている？　確かにそうとも言える。

しかし冗談ではなく、二号にはそういうところがある。

二号と接しているとネガティブがポジティブに、マイナスがプラスに変わっていく。世が世なら教祖として崇められていてもおかしくはない。本人は「やあね。そんな柄じゃないわよぉ」と謙遜しそうだが。

そんな二号だからなのだろうか。体験する心霊現象もちょっと毛色が違い、ファンタスティックというか、幻想的な雰囲気がある。

怖いといえば怖いが、謎めいていて理屈がわからない。

たとえばこの「人の塔」も、そんな話だ。

二号が生まれ育ったのは田園風景の美しい山間部の農村で、春は山々に桜が咲き誇り、夏は一面の緑に深くて青い空。秋は黄金色に波打つ田んぼに目を奪われ、冬は見渡す限りが雪に覆われる。

よくいえば四季折々、悪くいえば何もない。そんな場所で育った二号もまた他の家族と同じように幼い頃から霊感が強く、空飛ぶ獣や光り輝く謎の生物を幾度となく目撃していた。

もちろん普通の幽霊も見た。

けれどそのほとんどはもはや景色の一部と化していて、特になにか悪さをすることもなく、ただそこに立っていたり、同じ行動を繰り返しているだけ。

そのうちの何人かは二号に気づいて近づいてくることもあったが、二号が心を穏やかにして手をかざすと、溶けるようにして消えた。

だから二号にとって霊とは恐怖の対象ではなかった。

儚く、哀れで、救うべき存在。

そんな風に思いながら成長していった。

しかし初潮を迎えてから、様子が違ってきた。

触れてはいけないモノや、邪悪な存在にも気づくようになったのだ。

人の塔を見たのもその頃だった。

当時二号は指定の通学路とは異なる道を通って、毎日通学していた。

指定の通学路は広くて安全だが、田んぼを回り込むので時間がかかる上、交通事故死した霊がたくさんいるので、万が一付いてこられたりしたら面倒であまり利用したくなかったのだ。

それよりも家を出て数十メートル先にある長い田んぼ道の方がよかった。この道は田んぼを横切るようにして、学校までまっすぐに続いている。すれ違うのがやっとの狭い道だが一番近いし、見晴らしがいいのも気に入っていた。特に夕方になると、晴れていれば夕陽が真正面に見えるので、なぜだか神秘的な気分になれる。

その日も晴れていて、学校帰りの空は美しい夕焼けが広がっていた。

いつもどおり夕陽を真正面から浴びながら、聞こえ始めた虫の音に耳を傾けて歩いていると、どこからかお経が聞こえてきた。

南無阿弥陀仏。南無阿弥陀仏。

夕陽の輝きの中から、歩いてくる一団が見えてくる。

シルエットになっているが、黒い服を着ているのがわかる。

ああ、葬式でもあったのかなと思い、脇へ避ける。そして頭を下げ、亡くなった方に敬意を示していると、お経が近づいてきて、やがて僧侶のものらしき高価な着物と草履が通り過ぎていく。

草履に続いて幾人もの革靴と喪服のズボンとスカート。十人、二十人。何となく数えていると、ようやく最後の人が通り過ぎた。

すぐに顔を上げるのも気まずいので、しばらくそのままの姿勢を保ち、ゆっくり十を数えてから顔を上げて、ぎょっとした。

一団の姿はどこにもなかった。忽然と消えてしまった。

見渡す限りの田園風景。長い長い田んぼ道。

見失うはずなどない。

いったい、いまのは……。

にわかには信じられない思いで辺りを見回していると、虫の音がぱたりと止み、夕陽が翳った。

その瞬間、首の後ろがひんやりとした。

いきなり氷を押し当てられたような感じだった。

「ひっ」と身をすくめて振り返ると、ぼたっと、一匹のカエルが足元に落ちた。

このカエルが首に当たった、ということだろうか。

なんとなく気持ち悪くなって首筋をさすっていると、突然両肩にずしッという重みを感じた。誰かが上から押しているイメージ。

ずしッ、ずしッ……。

重みはどんどん増していき、呼吸をするのが辛くなってくる。

——いったいなんなの？

怒りを覚えて上を見て、

——驚き。

すぐ目の前に、男の顔があった。鬱血して浮腫《むく》んでいる。髪はなく、坊主。そのツルッとした頭皮に幾筋もの血管。首に柘植の数珠。黒い法衣。僧侶だろうか。

そんな男が手を伸ばし、二号の肩を押していた。まるで逆立ちをしているように。
「あの、やめてくださる？」
と言いかけてハッとなった。
逆立ちしているのは、男だけではなかった。
男の腰の辺り。男のものではない、別の手があった。
その手の主は男の腰を支えにして、空に向かって脚を伸ばしている。
よくよく見ると、そんなふうにして、逆立ちする人々で連なっている。
十人……いや、二十人はいる。
そのとき、僧侶の浮腫んだ顔がぎこちなく動き、
「南無阿弥陀仏」
――その声で気づいた。
それは、さきほどの一団だった。黒い、喪服の。
ぞっとした。
まるで頼りない人の塔。風に吹かれるまま右に左に揺れ、その度に二号の肩に

重みがのしかかる。
「やめてください！」
二号は怒声を浴びせ、僧侶の手を思い切り払った。
その瞬間、支えを失った人の塔は崩れ落ち、一気に二号に降りかかってきた。
――あ、このままだと……。
押しつぶされる、と思ったそのときだった。
どこからともなく、聞いたこともない声で「やめろ！」と聞こえた。
その瞬間、人の塔は姿を消し、代わりに滝のような雨。
いや、雨というより塊。
とにかく大量の水が、二号の全身に降り注いだ。
その場所以外は、すがすがしいほどの晴れだった。
にもかかわらず、二号と周囲数メートルの範囲はびしょ濡れになった。
わけのわからない出来事だった。
あの一団はなんだったのか。
首に当たったカエルは。

やめろと叫んだ男は。

そしてこの大量の水は。

家に帰って話しても誰も信じてくれなかった。


月日が経った。

二号もそんなことがあったことをほとんど忘れていた。


大学の卒業年度になった夏休み。仲間と車で海に行った。季節外れというわけでもないのに、海岸には人が全くいなかった。

仲間と二号は喜んで、プレイベートビーチと化した海岸で海水浴を楽しんでいた。

それが現れたのは、数時間経って、太陽が少し西へ傾いた頃だった。

不意に仲間の一人が沖を指して言った。

「あれ、なんだろう。あの棒みたいの」

二号は目を疑った。

細くて長い、黒い棒のようなものが、海から空へ向かって伸びている。

しかもそれは、ゆっくりと、こちらへ向かってきているようだ。

竜巻だろうか、それとも海鳥の群れ？　あるいは虫の大群？

口々にそんな議論をしていると、棒のようなものはあと数十メートルの距離まで迫ってきた。

そこまで来ると、みな、それが単なる棒ではないことに気づいていた。竜巻でもなければ、海鳥の群れでも、虫の大群でもない。

その棒は、人が連なってできた棒だった。

しかも人々は逆さまに連なっている。逆立ちした姿勢で、下の人の腰を上の人が掴んでいるという姿勢。

「……人の塔だわ」

そのときになってようやく二号はあのときのことを思い出した。沖にいるあの棒は、かつて田んぼ道で見た、あの人の塔なのではないか。

そのとたん、二号は嫌な予感で全身がいっぱいになった。

あの塔に捕まったら、空へ持って行かれてしまうような、そんな気がした。

あのときは謎の男の声が「やめろ」と言って救ってくれたが、今度もそうなるとは限らない。

怯える仲間たちを奮い立たせ、なんとか海岸をあとにした。

車に乗り込み、アクセルを全開にして発車する。

誰も話さなかった。理解を超えていた。とにかく一刻も早く逃げたかった。制限速度を大幅にオーバーしていたが、気にしてはいられない。

海へ続くトンネルを抜けると、ようやく人の塔は見えなくなった。

少しホッとして速度を落とし、道なりに進んだ。

するとT字路が見えてきて、その角に交番があった。

「そうだ、警察に言わなきゃ」

思いついたように、仲間の一人が言った。

あれを警察がどうこうできるとは思わなかったが、自分たちだけの心にとどめておくには荷が重い。

車を路肩に停め、交番に入る。

留守だった。しかし、奥に人の気配がする。

「すみません、あの」

声を掛けると、ドタバタと音がして、初老の警官が顔を覗かせた。

突然の来訪者に驚いた様子だった。

「すみません、あの」

仲間が再び言った。

それを遮るように、警官は人差し指を口に当て「しっ」と言った。そしてほとんど口を動かさず、小さな声で「おまえら、あれを見たな」。

「どうしてわかったんですか」

と二号が聞く。

「おまえらからカエルの臭いがする」

カエルと言われて、二号は空から降ってきたカエルの、ひんやりとした感触を思い出した。

「それにその格好。おおかた海水浴でもしてたんだろう」

言われてみれば、二号たちは水着のままだった。

「まったく、今日は遊泳禁止だぞ。看板を見なかったのか」

「……気づきませんでした」

「ったく。おまえらみたいなのがいるから、あれがなくならねえんだ」

警官は憎らしげに首を振った。

「あれはいったいなんなんですか」

二号が聞く。すると警官はじろっと二号をにらみつけ、

「名前は、ねえ。だが……満月に虹がかかった次の日には必ず出る。昨日がそうだ。だから立て看板を出してたんだが……。だいたいおまえら、海に誰もいねえの、変だと思わなかったのか？」

「思いましたけど……」

そんなこと、知るわけがない。

二号たちが困惑した表情を浮かべていると、警官は「仕方ねえな」と頭をポリポリ掻いて、

「今日はここにいろ」

「えっ。でもまだ昼ですよ。いつまでいろと？」

「夜明けまでだ」

「ええっ、そんな。明日は学校が。夜までには帰らないと親も心配するし」

「知らん。下手にうろつくと、捕まっちまうぞ」

「……捕まったらどうなるんですか」

「引っ張られて、一部になる。それが嫌なら、一歩も外へ出るんじゃねえ。いいな」

「………………」

「電話は貸してやる。親御さんに連絡して、道が封鎖されたとかなんとか、適当な言い訳を言うんだな。交番に泊まるなんて言えば卒倒しかねないし、あんなもんを見たと言えばおかしくなったと思われるのが関の山だからな」

　それだけ言うと、警官は「ったく、面倒なことになりやがった」とぶつくさ言いながら、奥へ引っ込んだ。

　二号たちは慌てて警官の後を追い、奥の部屋でじっとしたまま一歩も外へ出なかったそうだ。

　あれから数十年経ったが、人の塔の正体はわからないままだ。

12　4番

　ところで疑問を持つ人がいるかも知れないので、一応書いておきたいんだけれど、ぼくも三十路を過ぎてとっくのとうに独立しているから、家族十人で一つ屋根の下に暮らしているわけではない。

　五号以下、十号のぼくまでは仕事の都合もあって東京都内に住んでいるし、三号四号は神奈川県の方にある一戸建てで年金暮らし。一号二号は北関東の方に畑を買って、そこを耕しながら人生を謳歌している。

　長期休みとか盆暮れ正月くらいは全員集合することもあるが、それも誰かの家というのは面倒なので、中華レストランで円卓を囲んだり、温泉旅館に現地集合という風に、基本的にはみんながみんな自由気まま、勝手気まま。

　一番下の家族ということもあり、連絡はぼくの仕事。自由な家族をつなぎ止めるのは並大抵のことではないけれど、家族からいつでも最新の心霊話を聞けるようにするため、仕事の一環だと思って頑張っている。

さて、これは五号から聞いた話。

五号は長男で、ぼくとは十歳以上離れている。

我が家の家族にしては珍しく、勤め人として日々社会に貢献しているが、ご多分に漏れず非常に霊感が強いので、会社内外で奇妙な出来事に遭遇している。

もちろん、勤め人になれるほどの社会的常識を備えているから、ぼくのように喜び勇んで人に言うような、はしたない行為は一切しない。

寄ってこられて話しかけられても無視。

苦悶の表情で助けを求められても無視。

……そう書いていくとまるで非情な人間のように見えてしまうが、そういうわけではない。

ただ人目のあるところで霊に干渉しないよう、自分を律しているのだ。

五号が言うには、霊感のある人間はたいていそのようにしている、という。

ぼくからしてみたらもったいないというか、宝の持ち腐れというか……。

足の速い人がリレーの選手にならないみたいな感じで、才能ある人の無礼な遠慮、という気がする。

以前、言ったこともある。「兄さんは自分の能力に誇りがないのか！」と。いま思うと酔った勢いだったと反省するしかないが、そんなからみ酒のぼくに五号は優しくこう返した。

「おれだけのことならいいけどな。家族を持つとそうもいかないんだよ」

大人である。ぼくにはぐうの音も出ない。

たしかに働き者の奥さんとわんぱくな息子のことを考えたら「霊感のある気味の悪い人」というレッテルは避けたい。

霊感というのは信仰に似ていて、多くの人にとって奇異にしか映らない。本来はその人を構成する、単なる個性……。たとえば学歴とか、免許とか、そういうものでしかないはずだが、いまの世の中ではマイノリティは不利になる。

「どんなに優秀でどんなに実績を上げていても、そいつに霊感があるとわかれば、色眼鏡で見られる。霊感を活かしたおかげで評価されたんだ、ってな」

「そんなの、人脈とかトークスキルみたいなものじゃんか。持っている人は持っているし、持っていない人は別の能力で仕事を頑張るしかない」

「そう思える人は少数だよ。だからおれは慎重になるんだ」

「もったいないなぁ。人のために使ってもダメなの？」

「恩着せがましいだろ。霊感で人助けなんて、普通怪しまれる」

「まあ、壺を買わされたりするんじゃないかって、思うか」

「そうさ」

「じゃあ、兄さんはその力、使わないの？」

「そういうわけじゃない。人に知られなければいいだけだし、それに、真希や元樹のためには使うよ」

真希というのは奥さんで、元樹というのは小学生になったばかりのジュニアのこと。その元樹が幼稚園に入ったばかりの頃、こんなことがあったらしい。

真希さんは教育熱心な人で、元樹の通う幼稚園をどこにするべきか、生まれたときからリサーチしていた。ママ友を作り、情報交換をし、元樹の適性を注意深く分析した上で、ある遠方の幼稚園に的を絞ると、単願で受験して見事に合格した。

遠方から通う児童は少なく、通園バスも利用できないことから、送迎には車を利用する必要があった。

ところが園の所在地は世田谷区の住宅街で、道も狭く路上駐車は厳禁。そこで五号は園の近所に月極駐車場を探すことにした。

細かい住所は書けないが、S2丁目にある、O駐車場に空きがあった。

不動産屋で俯瞰図を見せてもらうと、区画が六つ。奥から1番で一番手前が7番。その5番が空いている、という。

六つしかないのになんで7番なのかと尋ねると、4番を数えずに、1番2番3番5番6番7番としているらしい。車と死を結びつけたくなくて、あえて4番を外しているのだと担当者は説明した。

最近余り見かけない数え方だな、と五号は思った。

大家さんが古い考えの方なのか、あるいはもっとちがう理由があるのか。

敷金礼金なし、月額2万円と破格なのもあやしいと思ったが、他に空いている駐車場と比較すると、1万円以上も差がある。

三年間通うことを考えると36万円の差。入園金より高い。

これからますますお金がかかることを考えると、少しでも節約したいと思うのは当たり前だ。

五号は5番を契約することにした。

担当者は「車庫入れのテスト、しますか」と尋ねてきたが、その日は仕事の合間ということもあり、時間がなかった。

それに、遠方だ。自宅まで車を取りに行き、現場まで行くのが億劫だった。

図面に書かれたサイズ表を見る限り、余裕で入るはず。

「車庫入れのテストは、また後日にします」

それが、失敗だった。

ようやくテストできたのは、入園式の数日前だったのだが、車を飛ばし、駐車場の5番へ向かうと、5番以外の区画には全て車が停まっていた。

注意深くバックにギアを入れて後退していると、バックモニターカメラが妙なものを捉えた。

人の形をした黒いシミ。

焼け焦げたような跡が、アスファルトにこびりついている。

車を降りて確認してみると、確かに人型をしていた。

——これは何だろう。

駐車するのをためらっていると、隣の6番に停めてある車の持ち主がやってきたので声を掛けてみた。

若い女性だった。

「つかぬことをお聞きしますが」

「え、あ、はい？」

「ここのシミってどうしてついたかご存知ですか」

五号は、5番の区画を指さして言った。

しかし女性はきょとんとして、

「シミ？　そんなもの、あります？」

「え？　いや、ここの真ん中」

「ごめんなさい、わからないです」

素っ気なく言って車に乗り込もうとする。

——見えていないのか？　まさか。

五号は追いすがるようにして窓を叩く。

迷惑そうな顔をして、女性が半分だけ窓を下ろす。

「なんですか？」

「最後に一つだけ。ここっていくらで借りていますか？」

「……3万円ですけど？」

怪訝な表情を崩さず、女性は車を発進させた。

車を見送りながら、五号は唖然としていた。

なんということだろう。他の駐車場と同じ金額ではないか。安いのは、この5番だけ。

それがなぜなのか内心、わかっていた。しかし、どうしても直接聞いてみたくなり、不動産屋に電話する。

すると担当者は「長い間借り手がいなかったため」と説明した。

声の調子が上ずっている。何かを隠しているのが見え見えだった。

いつもの五号なら、ここであえて追求せずに「そうですか」と退いてしまう。

しかし、このときはちがった。

ここを利用するのは妻であり息子だ。

なにかあってからでは、後悔してもしきれない。

そこで五号は意を決して核心に触れた。

「ここで誰かが焼け死んだんじゃないんですか」

ひゅぅっと息をのむ音が聞こえた。

数秒の沈黙の後、担当者は明らかに声を詰まらせて、

「だ、だれに聞いたんですか」

とほとんど肯定するような言い方をした。

五号は質問には答えず、

「そういう事故があったから、4番をやめたってことでしょうか」

「……私がこの会社に入ったのは事故のだいぶあとなんで、詳しいことは知りません。でも……」

担当者が声を潜める。

「……その方は即死じゃなかったと聞いていますよ」

「つまり、焼かれながらうろうろしていたと？」

「……亡くなったのはあそこではないってことです。だから、大丈夫ですよ」

何が大丈夫なのかと聞きたかったが、やめた。

五号はその場で解約を申し入れた。

焼け跡の霊。そんなものを見たのは、五号にとっても初めてだった。

「その駐車場、いまはどうなっているのかな」

「どうもしない。最近、近くを通ったから覗いてみたけど、まだいたよ」

13　蠢く影

家族のことは、これでひととおり紹介できたわけだが、ここでちょっと変わり種の話をひとつ。

ぼくも三十路を過ぎたいい大人だから、彼女の一人や二人くらいいる。

……いや、申し訳ない。こんなところで見栄を張っても仕方がない。二人はいない。一人だ。それも学生時代からずっと付き合っている人なので、交際人数としても一人。

一途と言えばそうなのだろうが、自分のことだから、そういうことではないことは、よくわかっている。

彼女のことは愛しているが、十年以上も付き合っていて結婚をしていない意味を、察して欲しい。

……ちょっと待て。なんでぼくはこんな、自分の恥部をわざわざさらけ出しているのだろう。いくら怖い話のためとはいえ。我ながら自虐的にもほどがある。

まあいい。ぼくはプロだ。自分の気持ちとプロ意識とは別物なのだ。

そう自分に言い聞かせて、この話を紹介していることを、読者諸氏も肝に銘じてもらいたいのである。


で。何を言いたかったのかというと、この彼女に起こったことだ。


彼女との出会いは衝撃的だった。いわゆる「ビビビ」だった。

いまさら「ビビビ」なんて言っても若い人はわからないだろうが、一目見たその瞬間に恋に落ち、猛アタックの末、落とした。

その経緯を話していたらこの本が一冊あっても足りないので割愛するし、勝手に想像してほしい。話の肝はそこではない。

大事なのは、そのとき彼女は別の男性と交際していた、ということだ。

そう、そのとおり。ぼくはその男性から彼女を略奪した。

断っておくが、ぼくは別にイケメンではないし、性の伝道師でもない。ただものすごくしつこかったから、彼女が折れたのだ。

しかしそうなると、納得できないのは元彼である。

なんで別れる必要があるのだ、と彼女に迫った。

ぼくは静観しているしかない。出て行くと浮気がバレる。もちろん本当は颯爽と彼女の前に躍り出て「その汚え手をどけな、クソ野郎」とか言って、鉄拳を振るえれば良かったのだが、あいにくひ弱なぼくに、そんなこと無理だ。死んでも出来ない。

だもんで、別れのいざこざは彼女が全部一人で処理したのだが、晴れてぼくとちゃんとつきあえるようになると、金がなかったぼくは、半ば強引に彼女の家に押しかけていて、勝手に同棲を始めていた。

そうして一月ほど経った頃だろうか。

ある夜。それは起きた。

彼女は真っ暗だと眠れないタイプで、いつもテレビを付けっぱなしにしていた。

ぼくは逆に真っ暗じゃないと眠れないタイプだった。

だから毎夜眠るのに苦労していたが、押しかけている身だから彼女に合わせよ

う と気を遣って頑張っていた。

でもときどき、テレビの光が気になって、深夜遅くに起きてしまう。

その日もそうだった。

ぼくたちはセックスをして、そのまま眠っていた。

ベッドはシングルで、部屋は八畳の１Ｋ。壁の一面は廊下とクローゼットで埋まり、反対側は一面が窓。

残る二面のうち片面にテレビやパソコンが並んでいたから、ベッドが置ける場所は反対側の壁際しかなかった。

そのベッドで彼女が壁際、ぼくがテレビ側にいた。

時計を見ていないので定かではないが、三時頃だったと思う。

チラチラした白い光がまぶたの裏を刺激して、ぼくはふと、目を覚ました。

テレビ番組は全て終了して、画面は砂嵐になっていた。

ああ、また目が覚めてしまったなぁ、とため息をつき、光が目に入らないように反対側……つまり壁際を向くように寝返りを打った。

そのときだった。

不可思議な黒いモノが、壁に蠢いているのを見た。
誰かの人影だ、とぼくは思った。半透明に透けた黒の影。
思った瞬間、それは変だと気づく。
影を作っている光源は言うまでもなく、テレビの砂嵐だ。
しかし、テレビとベッドの間には、誰もいない。
ぼくは横になっているし、彼女も壁際でうずくまって眠っている。
なのに、人影？　誰の？　というより、どうして？
寝ぼけ眼をこすりながら凝視していると、影はゆっくりと両手を動かした。
その手が、彼女の首元へと伸びる。
あっと思ったときには、人影は彼女の首を絞めていた。
彼女が呻き、咳をする。とても苦しそうに。
あ、やばい、殺される。
そう思ったぼくは、飛び起きて彼女の頬を叩いた。
彼女は咳をしながら目を開けると一言、
「急に息ができなくなったんだけど」

と恨めしそうにぼくを睨んだ。

ぼくは「ちがうし。ぼくじゃないし」と否定したが「じゃあ、誰が」と聞かれると答えられない。

「……やるなら起きているときにしてよね」

彼女はなんだか意味不明なことを言って再び目を閉じると、ものの数秒で眠りに落ちた。

唖然とするぼくは、それからまったく寝付けなかった。

いつの間にか壁に蠢く影は消え、それっきり姿を見せていない。

寝起きの幻覚という解釈もできるだろう。その方がどんなにか良い。

でもぼくは、なぜだか確信している。あれは元彼の生霊に違いないと。

……ちなみにこの話は誰にもしたことがない。もちろん彼女も知らない。

この本が出版されて、もし彼女がこの話を読んだら「よくも長い間黙っててくれたわね」などと怒り狂うかもしれない。

でもぼくはプロだ。自分の気持ちとプロ意識とは別物なのだ。

そう自分に言い聞かせているぼくを、誰でもいいから褒めてくれ。

14　ベランダ

現在ぼくの両親である三号と四号は、郊外の一戸建てに住んでいるが、ぼくがまだ生まれる前は、都内の団地で暮らしていたこともあるらしい。

四号によるとその団地では、いろいろな心霊現象があったが、特に記憶に残っているものとして、こんな話を聞かせてくれた。

ぼくの一番上の姉――六号がまだ赤ん坊だったときのこと。

六号は癇癪持ちだった。いまでもときどきヒステリックになることはあるが、赤ん坊の時にはなにしろ言葉が話せない。

泣きわめいて、何をしても受け付けない。

だから、寝かしつけるのは骨だった。

抱き上げて背中をさすり、時には叩き、左右に揺らしたかと思えば前後に振り、屈伸運動で上へ下へと動かして、ようやくウトウトしてきても油断は出来ない。

さあ布団へ下ろそうと身をかがめると、背中にスイッチでもあるかのように途端に察知して泣きわめく。

そんなこんなでなんとか寝かしつけて布団に下ろすまでには、ゆうに三十分から一時間。

うまく行ってようやく家事に取りかかると、人の気配がないことに気づいてまた火が付いたように泣き叫ぶ。

そうなるともう、数時間は何をしても泣き止まない。

そんな毎日で、四号はへとへとだった。

一号二号の家は離れていたから助けを求めることも出来ない。追い込まれたときには心霊現象もよく起こりがちだったが、霊の相手をしていられるほど余裕がなかった四号は、ほかに八つ当たりする相手がいないことをいいことに、見知らぬ霊に罵詈雑言を浴びせかけていた。

たいていの霊はその剣幕にびっくりしてどこかへ行ってしまうことが多かったが、ある女性の霊は何を言っても動じない。

しまいには四号も冷静になってきて「なにか用事があるならハッキリ言いなさいよ」と促す始末。

するとその女性の霊が言った。

「その子が泣くのは、ただの癇癪じゃない」

蚊の鳴くような心細い声だったが、ハッキリとそう聞こえた。

その言葉が妙に気になって、四号は続きを促した。

するとこんなことを言う。

「悪さをする子どもがいるんだ。あんたの目を盗んで、その子にちょっかいを出している。だから泣くんだ」

言いたいことは全部言ったとばかりに、女性の霊は空気に溶けていく。

ずいぶん優しい霊がいるものだと思うが、家族の話によれば大概の霊は無害だというから、このときの四号は特段驚きもせず、素直に助言をありがたく受け取った。

一計を案じた四号は次の日。

いつものように、どうにかこうにか六号を寝かしつけて布団に下ろすと、家事をするふりをして密かに物陰から観察してみることにした。

すると、それは起きた。

団地は五階建てで、部屋は四階にあった。六号の寝ている寝室は窓の向こうにベランダがある。そのベランダの手すりを男の子がひょいっと乗り越え、六号の眠る寝室に入ってきたのだ。

眉毛の濃い、青白い顔をした男の子で、年は十歳くらいだろうか。

黒い半ズボンに青いシャツを着て、片方だけ白いソックスを履いている。

そんな男の子が六号の脇に膝をつく。そして六号のお腹をぐいっ、ぐいっと押したのだ。

反射的に四号がキレた。

――このクソがきゃぁ！

六号が弾けるように泣きわめくより先に、四号がずかずかと男の子の前へ歩みでた。男の子はまさか、という顔をして四号を見た。

「この子はまだ赤ちゃんで、赤ちゃんは寝なければいけないの。邪魔をするな！今度やったら承知しないからね！」

四号は腹の底から絞り出すように言った。

男の子は少しびっくりしたような表情を浮かべたが、すぐに真顔になり、何度も頷いた。そして来たときと同じようにベランダをひょいっと乗り越えて、飛び降りていった。

四号は男の子が生きている人間ではないことをわかっていたので、特段驚かなかった。

だが彼が飛び降りてどこへ行くのかが気になり、ベランダから下を覗き見た。

すると男の子がまだおり、ベランダの四号を見上げている。

二人の視線が交錯する中、男の子はスゥッと溶けるように地面の中に消えていった。

下に何があるのだろう。

まだイライラが残っていた四号は、真相を突き止めてやると誓った。

それから数日かけてマンション一帯の過去を調べた。

するとマンションが建つ前、ここには井戸があり、井戸のそばには大きな木が生えていたことがわかった。と同時に、ここで痛ましい事故が起きたことも……。

……その事故こそが、問題の原因だった。

ある雨上がりの午後のことだったらしい。

一人の男の子が大木に登って遊んでいた。だが、濡れた樹皮で足を滑らせ、井戸に落ちた。普段なら足の付く水深だった井戸も、雨上がりのせいで非常に深くなっていた。

男の子はパニックになった。

そしてそのまま亡くなってしまった。

しばらくして、異変が起きた。

大木から井戸へ落ちる、あるいは逆に、井戸から大木へ飛び上がる。そんな男の子の姿が目撃されるようになったのだ。

事態を重く見た近所の人々の手によって、大木は切られた。神主が呼ばれ、男の子の魂を弔うことも忘れなかった。

だが、異変は続いた。

今度は、何もない空中から井戸へ落ちたり、井戸から空中へ登っていく。そして滑った樹皮のあったあたりで、忽然と姿を消してしまう……。そういうことがあり、これは井戸も埋めないとダメだ、となった。調べてみると、その大木は十二メートルほどあり、ちょうど団地の四階に相当する高さだった。

真実を知った四号は少しだけ、男の子に同情した。

次に見かけたら、優しくしてあげようと考えたりもしたが、その日以降、男の子が部屋にやってくることはなかった。

15　公衆トイレマニアのシュウさん

霊感がないというのに、周りに集まるのはそういう人ばかり。

これも一つの才能かと割り切るしかないが、実際、そういう体質があるらしい。霊を呼び寄せてしまう体質があるのと同様、霊感のある人を呼び寄せてしまう体質。端的に言えば、変人ホイホイ体質。

なんというネーミング。自分で書いてて悲しくなる。

けれどその変人ホイホイ体質が功を奏して、ネタになることもあるのだから、馬鹿には出来ない。

そう。ある日ぼくは、とんでもない奴と関わることになってしまったのだ。

世の中には信じられないものに執着する者がいる。

一般的にはそれを『マニア』や『オタク』と呼んだりするが、その中でもさらに妙なモノに偏執する人がいる。

とあるバーで知り合ったその人は、シュウさんという男性だった。

シュウさんは中年の小太り男性で、公衆トイレのマニアだと言う。

ぼくは飲んでいたマティーニを半分以上吹き出した。

言うに事欠いて、公衆トイレだと？

中年男性が公衆トイレで何をするのか？　女子トイレに忍び込むとか？

マスターの差し出す布巾でカウンターをごしごし拭きながら訊ねる。

するとシュウさんは「そもそも公衆トイレと言いましても多種多様でして」と聞いてもいないことを口走る。

いや聞いてねーし。質問に答えろ、と詰め寄る。

しかしシュウさんも負けじと、

「ですからその時々でちがうのですよ。多種多様ですから、やることもいちいちちがうのです。一概には言えませんね」

うぜえと思いながらも、仕方がないから話を聞いていると、要するに道ばたの公衆トイレや公園のトイレ、駅のトイレなどでカメラを回し、記録するのがライフワークなのだという。

そんなことをして何が楽しいのかさっぱりわからないが、蓼食う虫も好き好き。十人十色。捨てる神あれば拾う神あり。簡単に否定してもつまらないので、ぼくはさらに訊ねる。

「いままでにどれくらいのトイレを撮影してきたんですか」

「そうですね。四、五十といったところです」

「それはすごい。その中で最も印象に残ったことってなんですか」

するとシュウさんは手を顎に当ててうーんと唸り、そのまたっぷり五分は考え込んだ。

そしてぼくがいい加減飽きてきた頃、なんの前触れもなく、

「心霊動画が撮れたことですかね、やっぱり」

と言った。

ぼくは俄然興味を惹かれて、目を輝かせる。

「それはすばらしい」

心霊動画なら、ぼくの守備範囲だ。

単なる迷惑なマニアだと思っていた男から、思わぬ収穫が得られそうだ。

ぼくは胸をときめかせながら、マティーニのおかわりを注文する。

「ちなみにそれって、どこかで見れたりしますか？」

「ええ、もちろん。常に持ち歩いていますよ」

「え、常に？」

「はい。撮影はスマホでやりますから。ほら、やっぱり公衆トイレなんで。ビデオカメラだと、いざというとき、ねえ？　言い逃れができないでしょ」

意外に考えている。

「それにスマホで撮影しておけばいつでも見返せますしね。へっへへ」

前言撤回。単に、変態なだけだ。

シュウさんは気味悪く笑いながら、スマホの動画アプリを開き、ぼくに手渡してくる。

いったいどんな汚物が映り込んでいるのかと、若干びくびくしながら再生ボタンを押すと、とりたてて特徴のない公園の公衆トイレの全景が画面に現れた。

外はまだ明るい時間帯だ。

「いいですね〜。６０年代に流行った典型的な建築様式ですな」

シュウさんの声が動画から漏れる。

どうやら解説を加えながら、じっくり記録しているらしい。

確かにマニアだ。公衆トイレの建築について語るなど、ただの変態には出来ない芸当だ。

「では、周囲を見てみましょうか」

カメラが動き、公衆トイレを一周する。男性トイレの中を覗くと、誰もいない。

「誰もいらっしゃらないようなので、入ってみましょう」

狭いトイレだった。

入口の正面に小便器が二つ。入口の脇に個室が一つ。反対側にこぢんまりとした手洗い場があるだけ。

そんな、なんの変哲もないトイレにシュウさんは大興奮してはしゃいでいる。

「掃除が行き届いています」

「天井に蜘蛛の巣がないなんて仕事が丁寧です」

「見てください。小便器が光っていますよ〜」

「うわ～、このタイプの水洗は珍しいですよ！」

といった具合だ。

さらには便座に付いた茶色く固まったモノを爪でそぎ落とそうとしたり、トイレの水道の水を飲んで水利きと称したり、変態ぶりを隠そうともしない行為の数々に、だんだん吐き気がしてきた。

だがすんでのところで、ぼくはその吐き気を飲み込んだ。

シュウさんのスマホが、誰もいないはずの個室ドアの下に、何者かの脚を映したからだ。

「あ、人がいらしたんですね！　す、すみません！」

臆病者のシュウさんが、トイレから走り出てくる。しかし、ここまで見ていれば誰でも気づくが、トイレには最初から誰もいなかった。もちろん、個室にも。

では、あの脚はいったい……。

シュウさんも変だな、と思ったようだ。トイレに戻る。

そしておそるおそる個室のドアを開けてみると、中には誰もいなかった。

動画は、そこで終わっている。

「――どうです、霊でしょ」

　シュウさんが大ジョッキを飲み干して、どや顔を光らせる。並びの悪い歯がちらりと見えて、生暖かい口臭が漏れてくる。

　認めざるを得なかった。

　映像は途切れのないワンカット。こんな中年男に霊を合成するスキルがあるようには思えないから、加工しているとは考えがたい。

　怖いかどうかというと怖くはないが、公衆トイレをつぶさに観察する動画というのは実に気持ちが悪い。誰が座ったかわからない便座のアップや、タイルを動き回る小さな虫など、普段なら目をそらすようなものを、この男は嬉々として撮影しているその事実が、まったくもってあり得ない。

　ぼくはこの男と会って以降、街中でトイレに入るのが少しだけ嫌になった。もしかしたらこの男がすでに撮影をしているかも知れない場所。これからするかも知れない場所と思うと、恥ずかしい部分をのぞき見されている気分になる。

　世の中には変わった人、おかしな人がいるものだが、ここまでの変人はなかなかいない。

連絡先を交換して別れたはいいものの、いつか「一緒に公衆トイレを見に行きましょう！」と誘われる気がして、ぼくは、憂鬱な毎日を送っている。

16　不気味な双子

六号がうら若き女子高生だったときのことはすでに書いたが、そんな彼女も大人になり、今は不動産会社の営業をしている。

兄である五号とは違って霊感をバッチリ仕事に活かしたい六号は、事故物件があれば進んで見学へ行き、新しくマンションを建てるとなればその土地へ出向き、その特殊な才能をいかんなく発揮して、売上げに貢献している。

もともと不動産業界自体がそういうものに寛容というか、受け入れ体質があるので、六号もとくに気味悪がられることもなく、むしろありがたがられている、というのはあくまで本人の談だけれども、実際不動産がらみの「怖い話」はかなり多いので、そういう力を持つ人がお墨付きを与えるというようなやり方が重宝がられるのも、無理のない話かも知れない。

そんな六号。

いまでは中古マンションの売り買いをメインにしているが、もう少し若いときは賃貸物件の担当だった。

東京都内の西部地域、と幅広く言っておくけど、その辺にある私鉄の駅前の店舗。本人いわく看板娘的なポジション。

ベッドタウンでファミリー層の多い地域だから、一戸建てや２ＬＤＫマンションへの問い合わせが多かった。

新築はあまりなく、ほとんどが築二十年以上の物件。

それだけ古い物件だといろいろな人が入れ替わり立ち替わり住んでいるためか、中には妙な現象が起きるものもあった。

すぐに思い出せるだけでも両手では数え切れないらしいが、その中でも特に異色な経験だったのが、ある親子の話だという。

ある日のこと、母親と二人の子どもが来店した。

母親を真ん中にして、右と左に同じ顔が並んでいる。

双子。服も靴も髪型も同じなので、鏡に写しているのかと錯覚するくらいだった。

六号がいつもの営業スマイルで愛想よく挨拶すると、母親も子どもも礼儀正しく、実に自然な態度で「こんにちは」と返してきた。

その時点では、何も妙なものを感じなかった。

母親は三十代半ば。子どもは小学校低学年といったところ。

探しているのは、三人で住むための１ＬＤＫだという。

三人で、ということは父親はいないと考えるべき。となるといろいろな便宜を考えて買い物がしやすく、学校に近く、道路が安全で。あ、小さくても良いから病院も。

いくつか候補がすぐに思い浮かんだ。

――これが当てぶつ、これが振りぶつ、最後の決めぶつがコレね。

素早くパソコンを操作し、間取り図や町内地図をプリントアウトする。

ちなみに当てぶつ、振りぶつ、決めぶつとは不動産用語のことらしい。

賃貸物件を探している客に、たいていの業者は三つの物件を見せる。

最初に見せるのが当てぶつ。

当てるという言葉のとおり、とりあえず見せてみる物件という位置づけ。グレードの低い、借り手の付きにくい物件がそれに該当する。

次に見せるのが振りぶつ。

振ると言うとおり、本命の前に見せて比較検討させるための物件がそれだ。悪くはないけれどちょっと欠点がある。

最後に見せるのが決めぶつ。

いままで見せた二つの物件と比べて、明らかに良いもの。業者として一番推したい物件をそこに持ってくる。

六号もその慣習に従って、三つの物件をリストアップして母親に見せた。

母親はにこやかに「どれも良さそうね」と言い、ひとまず見てみることになった。

車を回し、三人を乗せる。

三つの物件ともそれほど立地は離れていないので、全て回っても2時間もかからないだろうと思いながら、早速一軒目の物件に着いた。

まずは「当て」の物件だ。

内容的には決して良くはない。外壁はあきらかに修繕不足だし、日当たりも悪そうだ。雑草も伸び放題、エントランスのガラスも汚れて曇っている。

思った以上に悪物件。

部屋の前に立つとさらにその思いは強まった。

ドア枠には錆が目立ち、廊下の天井に蜘蛛の巣がいくつもある。

管理会社はなにをやっているのだろう。当てぶつとは言え、さすがにコレはひどいな、と思った。

部屋は親子の希望通り、1LDKの間取り。

軋むドアを開けて中に入ると、かび臭い。湿った空気がこもっている。

経験上、こういう物件には良くないものが棲み着きやすい。

案の定、リビングの隅に黒い影がうにょうにょしていた。

まだ実体化していない霊。住人たちの残留意識に引き寄せられてやってきたのだろう。

思わず顔をしかめたが、すぐに元に戻し、悟られないように母親を見る。

「いかがですか」

ダメに決まっている。そう思うが、仕事なので笑顔を崩さない。

「ええ、そうですね。でも、私にはわからないの」

母親はろくに部屋の中を見ずに言った。

「え？」

わからないとは、どういうことだろう。

不思議に思っていると、母親は双子の頭にポンと手を乗せて、

「Aちゃん、Bちゃん、どうかしら」

双子は「うん」と頷くと靴を脱いで部屋に上がる。

そしてリビングの中央でぐるりと見渡し、黒い影に気づいてジッと見つめた。

――あ、この子たち。

霊感がある。

六号はなるほどと思った。

さきほどの母親の行動に合点がいった。

霊感のある子どもに部屋の善し悪しを決めさせているのだ。

店頭では気づかなかった。気づいていれば当てぶつにしても、もっとちゃんと選んでいたのに。

六号が後悔していると双子がこちらを振り返り、

「いいね」

と声を揃えた。

――ええっ？

六号は笑顔を引きつらせた。

いま、そこにいる霊に気づいたよね？　なのに、いいの？

どういう神経をしているのだろう。

「そうなのね。うん、ママもそう思っていたわ」

母親は満面の笑みだ。

六号は、いくらなんでもこの物件を薦めるのは気が進まなかった。

けれどお客様が「いい」と言っているものを否定できない。

「ありがとうございます」

と一応言って、さっさと次の振りぶつに移動する。

振りぶつは、一軒目の物件から五分ほどの場所にあった。

預かっていた鍵でオートロックを開けると、明らかにさきほどよりも管理が良い。通路に埃はないし、蜘蛛の巣もない。空気の流れが少し良くないなとは思ったが、許容範囲か。人によっては気に入るだろう。

振りぶつにした理由は、エレベーターがないにも関わらず五階建ての五階だからだ。

健康的な共働き夫婦ならいいだろうが、子どもには辛いかも知れない。

案の定、五階に上がるまでにたっぷり五分はかかった。六号も母親も双子も、完全に息が上がっている。

「コレは……辛いですね」

荒い息を吐きながら六号が言った。

「そうね……。でも健康になれるかも」

母親が言う。双子は無言のまま、外廊下をジッと見つめていた。

その様子が気になり、六号も外廊下を見る。

大人の腰の高さまでコンクリートの壁。そこから上は空。風通しは良いが、天井がなく雨が降ればびしょ濡れになるのが惜しい。雪でも降ったら最悪だ。

外廊下には三つのドア。一番手前と奥は入居済み。真ん中の部屋がずっと空いている。

調べたところもう三年も空いているという。この建物の雰囲気からしたら、長すぎる。

書類で見たときは、管理が行き届いていないのかと思っていたが、実際に見た印象としては、そうではない。

なぜだろうと首を捻ったとき、不意にそれらが現れた。

一番手前のドアと、一番奥のドア。

そこからニュウッと白いなにかが伸びてきた。

蛇のようにも見えたが、頭が異様に長い人の影だった。

二つのドアから伸びてきて、真ん中のドアに仲良く入っていき、入ったと思ったら出てくる。

その繰り返し。

――うわ～、なによアレ。

霊を見慣れている六号もちょっと唖然とするくらい、二つの霊は仲が良かった。

くっついては離れ、離れてはくっつく。

まるで踊っているような。あるいは見せびらかしているような。

ふと見ると、双子もまた二つの人影を目で追っているのがわかった。

霊のいる部屋に挟まれた部屋。

三年も借り手がつかない理由。

これだけ自己顕示欲の強い霊だ。ここに住めば、何かしらの影響は避けられないだろう。

当てぶつに続き、振りぶつまで心霊物件とは。

――ここもないな。

六号は自分の「引き」の強さに呆れ、ため息をついた。

だがそんな六号の思いとは裏腹に、双子はまたこう言った。

「いいね」
そして寸分違わぬ動きで母親を見た。
二つ続けての心霊物件。見えているのなら、普通は「いい」とは思わない。
なのに、この双子は……。
六号は背筋に寒気を感じた。
もしかしてわざと、心霊物件にＯＫを出しているのか？
でも、どうして？
疑念のこもった目で双子を見た。
すると双子はそんな気持ちを見透かすように、やはり一糸乱れぬ動きで六号を見た。
その目に挑発的な光が宿っているのを六号は見逃さなかった。
――やはり、わざとだ。
確信した。この双子はわざと心霊物件を選ぼうとしている。
何も知らない母親を犠牲にするつもりだろうか。
それとも別の意図があるのか……。

確かに不気味な双子だった。

六号はそれまで、同類の人間に気づかなかったことはなかった。

なのに、この双子の力をすぐに感じ取ることができなかった。

隠す術を知っているのか。あるいは、自分よりも高度な力なのか。

「そのあと部屋の中にも入ったはずなんだけど、記憶があまりないのよね」

六号はぼくにそう語った。


三軒目の決めぶつに向から車中、六号はずっと汗が止まらなかった。

特に暑い日でもなく、汗をかき続ける理由は見当たらなかったが、双子の醸し出す謎の雰囲気と、漠然とした予感がそうさせるのだった。

信号待ちの間、バックミラーで後部座席を見る。

霊がいる部屋を好む双子……。この二人がもし次の物件で「ここは良くない」と言い出したら。

その意図を測りかねて、ぞっとする。

次の部屋は「空き」になればすぐに埋まってしまうような優良物件。家賃も相場より高く、管理も行き届いていて周辺環境も抜群。以前、別のお客様を連れて内見したことのある六号には、確信を持って言えた。

——その部屋に、霊はいない、と。

目の前に三軒目のマンションが見えてくる。

屋根付きの車止めまで完備されているエントランス。豪華ではないがセンスのある内装。私だってこんなマンションに住みたいわ、と思いながら車を降り、後部座席のドアを開ける。

「さあ、どうぞ。オススメの物件に到着しました」

母親がまず降りた。

「確かに良さそうなところね。明るいし、きれい」

ええ、そうでしょうともと満面の笑みで頷いたが、待てど暮らせど双子が降りないことに気づいた。

「……お子さま、お降りにならないみたいですが」

「あら、そうみたいね。Aちゃん、Bちゃん、どうしたの？」

母親が後部座席に顔を突っ込む。

すると双子はまたもや口を揃えて言った。

「ここはダメ。だから降りれない」

「あら、そうなの？　良さそうなのにねぇ」

「ママ、ここは見なくていいよ」

「住むならさっきの二つのどっちかが良いよ」

双子が口々にそう言う。

母親は困惑した顔で六号を見た。

六号はもっと困惑した顔をしていた。


店に戻って聞いたところでは、二人が良いと言った物件にしか住めないらしい。

理由までは教えてくれなかったが、六号もあえて聞こうとはしなかった。

聞かない方が良いと思ったからだった。


「で、どっちに住んだの？」

話し終わった六号に、ぼくは聞いた。

「二つ目。まあ、あのナルシストな霊二人を抜きにすれば、悪くないからね」

「いつの話、それ？」

「二年前。こないだ更新の書類を送ったんだけど、まだ住み続けるみたいね」

「大丈夫なのかな」

「わかんない。まあ、見えてるんだし、対策は出来ると思うけど」

「でもあえてそこに住んでるんだとしたら、不気味だね」

「……私もそう思って、ばあちゃんに聞いてみたことがあって」

「ああ、なんて言ってた？」

「その双子が人間かどうかはわからないって」

「……え？」

「ある種の悪霊は、人間に取り憑いてあらたな巣を探すんだって。快適で、しもべを集めやすい場所を。つまり、霊が集まりやすい家をね」

……彼らはその部屋で何をしているのだろうか。

17　巨人

霊感のないぼくからすると、霊というのは死んだ人の「魂」とか「残留思念」とか「怨念」が形になったもので、あまねく人型をしているように思っていたのだが、人間にも肌の色の違いや血液型の違いがあるように、また犬にも小型犬から大型犬まで多種多様な犬種があるように、一言に霊といっても実にいろいろで、そう単純に振り分けられるものではないらしい。

霊の中でもとりわけメジャーなのは黒髪の女。これは霊能者全員が太鼓判を押してくれるが、ナンバーツーとなると意見が分かれる。

最近では緑の小さいおっさんが台頭してきているようだ。見たという体験談がテレビなどで話されることが増えてきたのもあって、調子に乗っているらしい。

調子に乗るのだから落ち込むこともあるようで、落ち込んだ霊は見られようとしなくなる。自然と目撃例は少なくなり、マイナー感だけが盛り上がって、中にはひねくれてしまう霊もいるようだ。

その代表的なものが「巨人」なのだそうだ。


で。

この話をしてくれたのは、スチールカメラマンをしている八号なのだが、光を扱う仕事だから目がいい。細かい色の違いや濃淡によく気づく。一般的にも写真を扱う人はそうなのだろうが、八号の場合にはそこに霊感が乗っかってくるから、無色透明に近い霊の存在にも気付けるのだ、という。

だがちょっと待て。無色透明の霊だって？

なんだろう、それは。

そもそも霊は見えないから霊なのであって、みんな透明というべきなんじゃないか？　そんな疑問が湧いてくる。

ところが、霊というものも光の影響から逃れることはできないらしく、見やすいものと見えにくいものがあるのだそうだ。

見やすい霊は、さっき挙げたように調子に乗ってて、目立ちたがり屋で、露出を増やしたいやつら。

逆に見えにくい霊のほとんどは自分で好んで隠れている。目立ちたくないし、放っておいてほしい。

だからそういう霊に気付いたときは、八号も気を遣って見えていないふりをするらしいのだが、何年か前に見た「それ」は異常に大きかったので、思わず二度見してしまった。

うわー巨人だ。

そう思ったらしい。

ビルとビルの間をのっそりのっそり、無色透明の巨体が横切っていく。

「わー、わー」

思わず八号はそんな声を上げた。

巨人は数が減っていて、見かけることは滅多にない。八号も見たのは初めてだった。身長二十メートルほどで、歩幅は十メートルくらい。髪の毛と思われる長い紐のようなものも見えた。

巨人なんて聞くと、某有名球団か、人気漫画のことを思い返してしまうが、それらとは全く関係なく、野球もしないし人を取って食ったりもしない。性格は臆病で人間のことを怖がっているふしがある。このときも八号の視線に気づいてあっという間にビルの向こうに隠れてしまった。

巨人にしてみればビルひとつ乗り越えるくらい大した苦労はないのだろうが、八号は鈍足である。急いでビルの裏手まで走ったものの二分以上経過しており、問題の巨人はとっくに姿をくらませた後だった。

昔から巨人の目撃談は全国で聞かれるが、その頃はきっと巨人もメジャー霊の一員だったのだろう。諸行無常に栄枯盛衰。ツワモノどもが夢のあと。絶滅危惧種は生物だけの特権ではないと思うと胸が詰まる。

八号は写真を撮っておかなかったことを未だに後悔しているが、無色透明なら写ったかどうか微妙だし、そもそも「放っておいてほしい」と願う霊にカメラを向けるのも失礼だから、結果的には撮らなくてよかったと思いながらも、ぼくはときどき虚空を見つめて、無色透明な巨人の霊に想いを馳せたりもしている。

18　通ってはいけない

最後の話になる。

もしあなたの手元にスマホがあったらこう検索してみて欲しい。

――通ってはいけない道、と。

かなりの数がヒットすると思う。

実はこの本を書くにあたって、家族だけだと心許なかったので、霊感がありそうな友人知人に「怖い話ないか～」と、まるでなまはげが「悪い子はいねが～」と探し回るように聞いて回っていたわけだが、教えてもらった話の中で一番多かったのが……。何を隠そう「通ってはいけない道」なのである。

えらい政治家先生たちの活躍のおかげで、日本全国立派な道路が張り巡らされるようになったものの、四号が子どもの時の話でも書いたが、一昔前の田舎では舗装されていない道路なんていくらでもあった。

特に山道などはそうで、元々が山というものは神域だったりするから、道を通る側の人間に厳格なルールが課せられていたりする。

たとえば昼間なら良いが、日が暮れてからは立ち入り禁止の道。

あるいは決して後ろを振り返ってはいけない道。

あるいは音を立ててはいけない道。

いったいどれほどのルールがあるのか知らないが、いずれにせよそれらのルールは地元の人なら幼い頃から教えられて育つ。

けれど移動手段が発達し、遠方からやってくる車両などが増えてくるにつれ、ルールを守る者が減り、あるいは教えても無視したりする者が増え、やがて神や魔物の逆鱗に触れて大きな事故が起きる。

そういうものを「祟り」と呼んだりするが、祟りに触れて亡くなった人の魂がその場に留まり、霊となって新たな犠牲者を呼び込もうとするから、もう悪循環が止まらない。

あそこにはなにかいる。良くない道だ、ということで「通ってはいけない道」ができあがる。おそろしいのは、すでに道ではなくなっていても、相変わらず

「通ってはいけない」ことである。つまり道が壊され、住宅街になったり学校になったりしても、目に見えない形で道は残っているのだ。

そんな話を一つ、簡単に紹介して、この本を終わりにしたい。

ぼくの通っていた中学校の話だ。

その学校は町のどこからでも見ることの出来る高台に建っていて、いつも強い風が吹いていた。

ぼくは完全に忘れていたのだが……。

前述のように怖い話を集めるために学生時代の友人らにも連絡を取ってみたところ、当時仲の良かったTという男に「おれらの学校に、一人で通っちゃいけねえ廊下があったの、忘れたか」と言われた。

一人で通ってはいけない廊下。

言われてようやく、あの薄気味悪い廊下がフラッシュバックした。

生徒はもちろんだが、先生も一人では通らない廊下が、確かにあったのだ。

迷惑な話で、その廊下は学校の裏門への近道だった。ぼくとTの家は裏門から帰った方が近い。だから何度となく一緒にその廊下を通っていたのだが、いま思えばその廊下を通る人は、必ず二人以上で歩いていた。

一人で通ってはいけない……。

何故そういう噂が立ったのか、詳細はわからない。

けれどTが言うには、生首のようなものが、新しい身体を狙ってうろついているらしい。

「そんな馬鹿な」

とぼくは電話口で笑った。Tはうそをついて人を驚かすのが好きだったから。

でも「実際に美代が見たってんだから、間違いねえ」と真剣に言う。

美代というのは当時Tが付き合っていた女の子。切れ長の目とおかっぱ頭が印象的だったが、顔の細部は思い出せない。

その美代がどうしても部活で帰りが遅くなって裏門から帰ろうとしたときにこの廊下にさしかかった。日が暮れているのに電気も点かない。気味が悪いから遠回りしようかとも思ったが、その日は見たいテレビ番組があって急いでいた。

ええい、突っ切ってしまおうと思ったらしい。けれどその瞬間、ぶふぅ、ぶふぅと荒い鼻息が聞こえてきた。

えっと思って辺りを見回すと、その薄暗い廊下の角に、丸っこい生首が転がっていた。どういうわけか顔がハッキリと見えた。その目が美代を見つめている。

美代はうわっと叫んでその場から走り去り、結局表門から帰ったのだそうだ。

Tの言うことは完全には信じられないが、美代が言っていたのなら、信憑性は高い。彼女は誠実を絵に描いたような人だったから。

その生首は何なのか、霊感のないぼくにはわからないが、この本を書くにあたって多少調査をしてみたところ、中学校の建てられていた高台。ここがかつて処刑場だったことがわかった。

首を刎ねられた人物が、いまでもこの世を呪っているのか？

それはわからない。

だけどもしその廊下を一人で通ってしまったら、その生首に何かされるのは必然のような気がする。

ちなみに、この中学校は現存している。

19　オレオレ

まあ、ホラーで「最後」といえば「続き」の前振りということで、賢明なる読者のみなさんはわかっていたとは思うけれど、もうちょっとだけ。これが本当の最後。

実は書き終わった原稿を編集さんに送ったあと七号から呼び出しをくらい、こんな話をされたので、聞いてほしい。

……夜八時頃だった。

ほとんど置物と化している家の電話が、珍しく鳴った。

「はい、もしもし」

七号が受話器に向かう。

くぐもった声で、電話の相手はこう言った。

「もしもし。オレオレ」

最近よくある「オレオレ詐欺」だなと思って七号は「オレ？　どちらのオレ？」と問いかけた。すると相手は「だから、オレ。たかし」と答えた。

瞬間、七号のはらわたが煮えくり返った。

七号には確かに「たかし」という息子がいた。いたのだが……三年前に死んでいる。享年二十九。ブラック企業に勤めていて抜け出せず、過労死だった。

詐欺野郎め。情報が古くて死んだことを知らないんだな。

怒り心頭に発した七号が声を荒げる。

「たかしはもう死んでるの！　詐欺ならもっとうまくやんなさい！」

スピリチュアルカウンセラーがそんなことを言うと「詐欺、やってんのかよ」と思ってしまうが、ここで口が裂けてもそんなことは言えない。

それはさておき、七号が涙を浮かべて電話を切ろうとしたときだった。

妙にはっきりした声でこう聞こえた。

――だから、オレオレ。たかし。

次の日、七号は墓参りに行った。

そういえば、もうすぐ三回忌だ。

TO文庫

身の毛もよだつ話を聞いてみないか？
～心霊家族の日常的憂鬱～

2016年8月1日　第1刷発行

著　者　山本十号
発行者　深澤晴彦
発行所　TOブックス
〒150-0045 東京都渋谷区神泉町18-8
松濤ハイツ2F
電話03-6452-5678（編集）
0120-933-772（営業フリーダイヤル）
FAX03-6452-5680
ホームページ　http://www.tobooks.jp
メール　info@tobooks.jp

フォーマットデザイン　金澤浩二
本文データ製作　TOブックスデザイン室
印刷・製本　中央精版印刷株式会社

Printed in Japan　ISBN978-4-86472-514-9